Naoto & Masaki

「二重螺旋」

「何やってんのかなぁ、ナオは。俺が早めに帰ってきたのが……そんなに気に入らない？」
囁きながら、指で、尚人の首筋をなぞる。ことさらゆっくりと、耳の付け根まで。そこが尚人の弱点《よわい》ところだと、雅紀は誰よりもよく知っていた。

（本文P.188より）

二重螺旋

吉原理恵子

キャラ文庫

この作品はフィクションです。
実在の人物・団体・事件などにはいっさい関係ありません。

目次

口絵・本文イラスト／円陣闇丸

それは。
ごくありふれた日常の、
ささやかだが掛け替えのない、
日々の幸福であった。

《＊＊＊ありふれた日常＊＊＊》

空が眩《まぶ》しい。

昨夜の激しい雨が、どこもかしこも、何もかも、綺麗《きれい》に洗い落としてしまったかのように、朝からスッキリと晴れ上がった絶好の日曜日。

だからといって、家族揃《そろ》ってどこかへ出かける予定もなく。その日、いつものように。夕食の間際まで友達と、しっかり外で遊んで帰ってきた篠宮裕太《しのみやゆうた》は、

「ただいまッ」

一声張り上げて靴を脱ぎ散らすと。ざっと手を洗って、すぐさまダイニングキッチンに飛び込んだ。

テーブルの上にはカラ揚げに、春巻きに、エビフライ。カラフルな野菜サラダに、散らし寿司。目にしただけで腹の虫も盛大に鳴き出しそうな好物ばかりが並んでいる。

とたんに。裕太の目も口元も、ふうわりと緩んだ。

すると。いかにもヤンチャな顔つきからキツめの殻がつるりと剝《は》がれ落ち、柔らかな癖っ毛ともあいまって、ずいぶんと見目が柔らかくなる。

アウト・ドア派を自任する、手足の生傷・擦り傷は別にして。日に焼けても赤くなるだけですぐに褪《さ》める色白な肌と、子リスのようなくっきりとした二重の双眸《そうぼう》から成る素の作り自体は悪くはないのだから、普段からもっと、そういう可愛げのある《顔》を出し惜しみしないでおけば、一部ご近所を含めた『評価』も女の子の『受け』もまた、ずいぶんと違ってくるのだろうが。如何《いかん》せん、今のところはやはり、そんな色気よりも食い気——なのだった。

それでも。

いつもの裕太なら。帰ってくるなり、『お帰りなさい』の母の声を片耳で聞き流して、テレビの占有権を主張するようにすぐさまリモコンにダッシュする——はずなのだが。さすがに、今日ばかりは少々勝手が違うらしい。

夕食時間になってもテレビアニメに夢中で、いつもは何度呼んでも空返事を繰り返すだけの裕太は、ちゃっかり、いの一番に自分の席に着くと、

「お母さん、お母さん。ねぇ、まぁだ?」

御馳走《ごちそう》を前にしてお預けを食わされた小犬のように、テーブルに齧《かじ》りついたまま、しきりに母親の奈津子《なつこ》を急《せ》かす。

日々ハイ・テンションな元気玉——と言われるヤンチャ坊主も、視覚と嗅覚《きゅうかく》で存分に刺激された食欲には勝てなかったというところだろうか。それはそれで、小学二年生という年齢《とし》相

応のけっこう微笑《ほほえ》ましい光景ではあったが。

しかし。裕太の腹事情を知ってか、知らずか。対面式キッチンの向こうから返ってくる母の返事と言えば、いつまでたっても、

「はい、はい。もうちょっと、待ってね」

判で押したような決まり文句ばかり。

いいかげん、それにも焦《じ》れて。

「チェッ。さっきから、そればっかり」

つい、口を尖《とが》らせる。

――と。耳聡くそれを聞き咎《とが》めた姉の沙也加《さやか》の、

「何よ。裕太ったら、うるさいわね。あとちょっとくらい、ガマンできないの?」

歯切れの良い雷が落ちた。

「きょうの主役はあんたじゃなくて、尚《なお》なんだからね。わかってる?」

スヌーピー柄のエプロン姿で、小皿を片手に、いかにもな口調で睨《にら》む篠宮家の長女は小学六年生。固くて青いだけの蕾《つぼみ》がようやく綻《ほころ》びはじめたような四肢の伸びやかさに、美人の最低条件と言われる小顔が絶妙なバランスを醸し出している。

それだけでも、近い将来、道行く男たちを振り返らせずにはおかないことは想像に難くない

のだが。沙也加の場合、四人兄弟の紅一点ということで精神面における自我の充実も著しく。見るからに利発そうな、キリリと引き締まった顔立ちに内封された勝ち気な個性は、この時期にありがちな、妙にこまっしゃくれただけの『オンナの子』とは明らかに一線を画しているのだった。

もっとも。

何かにつけ、事あるごとに、四歳年下の弟を『お子様』呼ばわりをする口達者な姉に日々鍛えられてすっかり逞《たくま》しくなってしまった末っ子は、そんなことくらいでメゲるような柔な神経はしていなかった。

良く言えば、素直で明けっ広げ。

根明《ねあか》なガキ大将タイプなので、その気になりさえすれば強力なリーダー・シップを発揮するのは間違いない。……のだが、少々ムラっ気のある気分屋なのは否めない。

裏を返せば、瑣末《さまつ》なことには無頓着なヤンチャくれ。

そこかしこで暴言を吐きまくっても、本人はケロリとしている。本当のことを言って、何が悪い？　――というのがミエミエなのだった。

してみれば。沙也加が言うところの『ガマンがきかない自己チューな性格』も、たっぷり甘やかされて育った末っ子の特権……だったりするのかもしれない。

「だって、お腹すいたんだもん」

言う口の端から、キュルキュルと、実にタイミング良く自己主張する腹の虫。

「ほらぁ、鳴っちゃったじゃないか。もう、待ちくたびれちゃったよ」

それが免罪符代わりだと言わんばかりに、目の前の熱々ジューシーなカラ揚げに手を伸ばしかけて、

「ダーメッ」

これまた、お約束通りにビシッと、その手を叩《はた》かれる。

「ちゃんと、みんながそろってからッ」

そんな姉弟の睨み合いをカウンター越しに眺めながら、『今日の主役』であるところの篠宮家の次男は。ホウレン草の胡麻和えを小鉢に盛り分ける手を止め、裕太に良く似た、だが、ヤンチャが先走る末っ子よりもはるかに柔和なアーモンド・アイズをわずかに眇《すが》めて、

(あー、またやってるよ……)

ひとりごちた。

ありふれた日常の一コマ——というには視界《め》に馴染《なじ》みすぎた光景に、幸か不幸か、この先の展開まで一気に読めてしまう尚人《なおと》だった。

案の定、

「お姉ちゃんの、どケチッ。イッコくらい味見したって、いいじゃんかッ」

あからさまにプーッと頬《ほお》を膨らませて、先に、裕太が咬《か》みつく。

しかし。そんな暴言のひとつやふたつ、今更痛くも痒《かゆ》くもないらしい姉の、

「あんたのは味見じゃなくて摘まみ食いでしょ？　ひとつ食べたら、どうせ、あとは何個食べても同じ……とか言って、人の分までバカバカ食べちゃうくせに」

いつもながらの鋭いツッコミに、尚人は思わず嘆息する。

（沙也姉《ねえ》。頼むからさ、裕太にガソリンぶっかけてブリブリあおるの、やめてくれよぉ）

口に出しても空しいだけの繰り言と知りながら。それでも、

（せめて、今日だけは……）

――と。ことのついでのように、半ば苦りきった声を呑《の》む。

ヘソを曲げてしまった裕太ほど、扱いにくいものはない。そのとばっちりを食うのは、いつだって尚人なのだから。

前回の言動を反省して少しは口を慎む――という学習能力が、ちっとも身につかない裕太が悪いのか。

それとも。それを承知で、毎回きっちり受けて立つ、沙也加の確信犯的な付き合いの良さを詰《なじ》るべきなのか。

あるいは。

どっちも、どっち——と。きっぱり割り切ってしまえない己の不甲斐《ふがい》なさを笑い飛ばせばいいのか。

口達者な姉は目の上のタンコブ。

口には出さないだけで、尚人にとっても、その事実に変わりはない。

だから。同じ男として、我が弟の『チャレンジャー精神』の心意気と根性は大いに買うが。

反面、いいかげん『懲りる』という言葉をきちんと理解して、素直に実践してもらいたい——とも思うのだった。

今日は、尚人の十歳の誕生日。

いつものように、内輪だけのささやかなバースデー・パーティーだったりするわけだが。そこはそれなりに『気分よく迎えたい』と思うのは、そんなに過ぎた望みなのか？——と。内心、尚人のため息は止まらない。

もっとも。

この場合。

沙也加にかかれば、お子様な裕太の言動パターンなどすっかり把握済み——というよりはむしろ、誰が見てもミエミエなのだったが。

奈津子も慣れたもので。二人の会話がバチバチと火花を散らしはじめても、それは、いつもの姉弟特有の『スキンシップ』だと割り切っているのか。傍《はた》から、とやかく口を挟もうとはしない。

そんなものだから、孤立無援の裕太はますますムクれてしまう。

「そんなこと、しないもんッ」

沙也加に図星をざっくり抉《えぐ》られて思わぬ逆ギレをしてしまったヤンチャくれは、その口調からして、もうすっかり、甘ったれのガキ丸出しだ。外ではいくら『俺サマ』気取りでブイブイ言わせようと、家の中ではただの末っ子に過ぎないのがよくわかる。

実際。埋めるに埋められない年齢の差は、それなりに侮れないものなのだ。

当の本人はきっぱり否定しても、山ほどある前歴は消えない。

地団太踏んで裕太がいくらブスくれまくっても、結局のところは、焼け石に水――なのだった。

更には、

「そのセリフも、耳タコ」

ピシャリと。ツボを押しまくる沙也加の舌鋒《ぜっぽう》も止まらない。

「だって、お父さんも雅紀《まさき》にーちゃんも、まだ帰ってきてないじゃん。そんなの待ってたら、お腹と背中の皮がくっついちゃうよぉぉッ」

「お父さんは尚のバースデー・ケーキを取りに行っただけだから、すぐに戻ってくるわよ。お兄ちゃんは、今、お風呂」

あー言えば、こう……叩く。

売り言葉には、利子を付けて倍返し。

つまりは。吠《ほ》えれば吠えるだけ墓穴の底が抜けていくという論理を自覚して自制するには、如何せん、裕太はまだまだ『お子様』なのだった。

とにもかくにも。

その口調の温度差は別にして。

飽きることなく、それどころかテンポよくエスカレートする舌戦は、傍で聞いていると、まるで、ピッタリ息の合った姉弟漫才だ。台本ナシのブッ付け本番で、よくぞここまで……とか思うと、尚人は呆《あき》れるのを通り越して感心してしまう。

普通、これだけ波長が合っているのなら、何の揉《も》め事もなく、たいがいのことはそれなりに歩み寄れそうなのだが。なぜか双方ともに、互いが視界の中に入ってきたとたんに戦闘モードのスイッチが入ってしまうらしい。

最初の取っ掛かりが何であれ。ここまで来ると、もう『刷り込み状態』で、相性が良いのか最悪なのか……よくわからない傍迷惑な磁石のようだ。

二人は絶対認めたがらないだろうが、根本的なところで『似た者同士』な姉と弟は、意地っ張りの頑固者である。

そこに割って入るのは、火中の栗を拾いに行くのも同然——なわけで。いくら『遠慮なく本音でモノを言い合えるのが兄弟の基本』なのだとしても、火傷《やけど》をするとわかっていて無造作に首を突っ込む気にはなれない尚人だった。

結局のところ。どちらに肩入れしても、貧乏クジを引かされることに変わりはないのだ。

だから尚人は、あえて、どっち付かずの中立を保っているわけだが。それでも、まるっきりの無関係ではいられない分、それはそれで、けっこうしんどい。

なにせ。二人でバシバシやり合っている分には、対岸の火事——で済むが。その後には、必ずと言っていいほど、双方からの『八つ当たりの愚痴の捌《は》け口《ぐち》』などという、実に迷惑千万の、予想外のオマケがくっついていたりするからだ。

タイプこそ違うが、口達者な姉と弟のサンドイッチ状態で聞き役に徹するのは、妙にストレスが溜まる。

言いたいことだけ吐きまくってスッキリする方は、それでいいかもしれないが。つい、うっかり、よけいな相槌《あいづち》を打ってしまおうものなら、ますます収拾がつかなくなるのは目に見えているので、自然と尚人の口は重くなる。

「どう思う?」

「どこが、違う?」

「なんか間違ってる?」

などと、聞かれても。それは、ただの自己確認のようなもので。本当の意味で、尚人の意見を求めているのではない。

——と気付くまでには、それほど時間はかからなかった。

そうやって、尚人は。篠宮家における『忍耐力の真髄』と『理不尽なとばっちり』の何たるかを理解する。

実際の話。上と下が半端でなく強烈なので。これで、自分までマジギレしてしまってはお話にならない——という強烈な刷り込みが入っているせいか、本格的な大爆発には至らないものの。尚人にしてみれば、冗談でなく、いいかげん『やってられないぜ』の心境だったりするのだった。

誰の目にも、沙也加は篠宮家の『しっかり者のお姉ちゃん』であり。

裕太は、どこに行っても『ヤンチャな末っ子』と呼ばれ。

同じように。尚人は『年齢の割りには落ち着きのある、手の掛からない次男坊』である。その実体も、一皮剝《む》けば、こんなものではあるが。

プライドの在り方が明確で、それゆえに、世間が無自覚に押しつける『子どもらしい可愛らしさ』の基準から早々と食み出《は》してしまった沙也加は。当然のことながら、クラスどころか、一目も二目も置かれている学年の『ドン』である。

有言実行の鑑《かがみ》でもある女傑に逆らう度胸のあるチャレンジャーはいない。……たぶん。おかげで三姉弟が通う小学校の今年度の最上級生は、何事にも、しごく統制の取れたチームワークの良さを誇っている。

一方。家では甘ったれの末っ子でも、外に出ればヤンチャ全開な裕太は担任泣かせの名人で。元気の有り余った言動は少々粗暴で女子の《受け》は悪いが、逆に男子には絶大な人気を誇っている。何気ないその一言で、クラスの雰囲気が真っぷたつに分裂してしまうほどに。

だからといって。派手に特出するふたつの個性の狭間で、尚人が埋没してしまっているわけではない。それどころか、

「あの、篠宮沙也加の弟」

——と、呼ばれ。

「あれが、篠宮裕太の兄ちゃん」

そんな好奇の目で見られるのも慣れたもので。くっきりとした目鼻立ちは沙也加のそれより

もずいぶん優しく、裕太に比べてはるかに涼やかな言動ともあいまって、二人の緩衝剤としての役割を十二分にこなしてなお見劣りしない尚人の存在感もまた、それなりに際立っているのだった。

灯台下暗し……。

当の本人に、その手の自覚はまったくなかったが。

「こういうの、イジメって言うんだぞッ」

「違うわよ。あんたが生意気なだけじゃない」

(裕太も懲りないよなぁ、ホント。口でも腕力でも、絶対、沙也姉に勝てないってわかってるのに、なんで、いちいち突っかかるかなぁ)

二歳年下の裕太よりもちょっとだけ『大人』を自負する尚人は、再度のため息を洩《も》らす。

自分たちのオシメの世話をしたと豪語する『姉』と、記憶の欠片《かけら》もない醜態を曝《さら》しまくってきたらしい『弟』との間には、越すに越せない『現実』の壁がある。それは、誰の目にも歴然としているのに、なぜか、裕太だけが認めたがらない。

毎回ガウガウと沙也加に咬みついては、これまた、見事に返り討ちにあっている。

こうなると、もう。学習能力が云々……という問題ではなく。末っ子としての譲れない『意地』なのかもしれない。

沙也加が、下手《へた》をすれば『母親より口うるさい仕切り魔』なのは、篠宮家の常識である。口で勝てないのは、何も裕太ばかりではないのだから、そんなにムキになることはない。

——と、尚人は思うのだが。裕太にはそれでは通用しないらしい。

世間で言われているように。『女の子は男の子より早熟』なのは、篠宮家でも一目瞭然なわけで。その上。『可愛げがない』と陰口を叩かれるほど《アタマ》も《クチ》もキレるとなれば、天下無敵である。一言言い返せばガンガンと、その三倍くらいはヤリ込められるうざったさに閉口して、尚人などは早々と白旗を掲げまくっている。

何をするにも煮え切らない優柔不断はゴメンだが、声高に自己主張するにも、それなりのエネルギーがいる。それが沙也加相手となれば、なおさらに。

だったら。

それはそれで有意義に活用したい——と思っても、別段、何のバチも当たらないだろう。要するに、《押し処《どころ》》と《引き際》のタイミングさえ間違えなければ良いのだし。

尚人にしてみれば、それはあくまで、平穏な日常を維持するための生活の知恵なのだ。

しかし。どうやら、裕太は、そんな『長い物に巻かれろ』的な尚人の弱腰が気に入らないらしい。

一人ではさすがに心許《こころもと》ないが、兄弟二人でタッグを組めば沙也加をやり込められる——と。

口には出さないだけで、内心、本気でそんなことを思っているらしい裕太は、さっさと一人で敵前逃亡してしまった尚人が男の風上にもおけない根性ナシに見えるのだろう。

そんな末っ子の男気を、一本気な『純なお子様』と呼んで目を細めるか。

あるいは。『コワイもの知らずのガキ』呼ばわりの苦笑を洩らすか。

それは、人によって様々ではあろうが。どうやっても『身内』の枠から食み出しきれない尚人にしてみれば、喉元《のどもと》で、ときおり妙にチリチリと疼《うず》き渋る小さな《トゲ》だったりもするのだ。

だから、なのか。尚人は、逆に不思議でしょうがない。

(なんで、俺なの?)

――と。

本気で沙也加をやり込めたいと思うのなら、

(タッグを組む相手を間違えてるよなぁ)

そう、思うのだ。それならば、自分よりももっと強力な最適任者――長兄の雅紀がいるではないか、と。

雅紀ならば十二分に裕太の意を汲《く》んで、何事もソツなくやってくれるだろう。自分にはできないことでも、雅紀ならばそれなりに……いや、期待以上に応えてくれるはずだ。

慣れた――とはいえ、とても『穏やか』とは言いがたい沙也加と裕太のスキンシップだが。そこに親が頭ごなしに割って入ろうとすれば、裕太はともかく、沙也加の反発は避けられない。その沙也加の機嫌を損ねず、しかも、やんわりとたしなめることができるのは唯一、雅紀だけ――なのだ。

多忙な父親は子どもたちとの密な時間を過ごせない分、その関係はどうしても希薄になりがちで。その分、母親は、どうしても口うるさくなってしまう。そこらへんの親子関係をほどよくカバーして、篠宮家の潤滑油になっているのが長兄の雅紀だった。

父親とは質の違う、絶対的な長兄としての貫禄《かんろく》とでも言えばいいのだろうか。

今年中学三年生になる雅紀は、剣道の有段者である。

数々の大会を制覇してきた自信の表れなのか。礼儀正しく、いつもきっちりと背筋を伸ばした長身は颯爽《さっそう》として、人の目を釘付けにせずにはおかない。

尚人にとって……いや、篠宮家の『自慢の兄』なのである。

五歳離れていることもあってか、尚人は、雅紀とは兄弟喧嘩《きょうだいげんか》をした記憶もない。どちらかと言えば、よく遊んでもらったという印象の方が強い。

母の膝《ひざ》に座った覚えは数えるほどしかないが、雅紀には、おんぶも抱っこも、いまだに記憶鮮明である。さすがに、小学四年生にもなると、ベッタリ兄に張り付くのも照れくさくなってしまったが。そこらへん、父の膝の上が自分の特等席だとばかりに、いまだにベッタリ平気で乗り上げる裕太の甘ったれぶりも、篠宮家では珍しくもない光景であった。

同じ兄姉でも、異性である沙也加へのこだわりなどは皆無だが。同じ『男』として、尚人が兄に抱く蒙昧《もうまい》的な憧憬《どうけい》は至ってシンプルだ。

『強い』

——けれど、怖くない。

『優しい』

——のが、うれしい。

『大人』

——なのに、偉ぶらない。

高飛車に言葉を荒げることなく、時にはジョークを交えた口調で、兄は、あの沙也加を黙らせることができる。

そのたびに、尚人は、

(やっぱり、まーちゃんはスゴイ)

ウルウルと、尊敬の眼差しで我が兄を見上げるのだった。

しかし。

『なぜ、自分なのか』

——という尚人の素朴な疑問も、裕太にしてみれば、それこそ、

「なんで、雅紀にーちゃんなんだよ？」

口を尖らせるに違いない。

長兄の雅紀と末弟の裕太の年齢差は、七歳。平素から裕太のことを『お子様』呼ばわりして憚《はばか》らない沙也加の、更にその上を行くのである。

まして や。肉体的にも精神的にも成長著しい中学三年生と、ようやく幼児期の尻の青さが取れてきたばかりの小学二年生。誰がどう贔屓目《ひいきめ》に見ても、男としては……いや、兄弟としても比較対象にもならない。

裕太が、尚人に抱く感情の起伏を等身大のライバル意識だとするならば。雅紀に対するそれは、年齢差から来る疎外感と訳のわからないコンプレックスだ。

二歳という年齢のギャップは、決して乗り越えられない『ハードル』ではない。

——が。七歳の差は、まさに『壁』だった。

雅紀が裕太を露骨に無視しているとか、頭ごなしに兄貴風を吹かしまくっているとか。そういうことではない。

それどころか。ヤンチャくれの裕太を、陰になり日向《ひなた》になり何かとフォローしてくれている

のは、実は、母親でも父親でもなく雅紀なのだが。そういうさりげない長兄の心遣いが逆に、裕太の苛立《いらだ》ちを刺激する。

頼んだわけでもないのに、よけいなことすんなッ——と。

何をするにつけ、背後に雅紀の影を感じる。それが、嫌なのだ。自分のやることなすこと全て、見透かされているようで。

自分のことは、自分でちゃんとできる。だから、放っておいてほしいのだ。

そうやって末弟の自分を無神経にかまうくせに、雅紀は、めったに自分の腹を見せない。口調は柔らかく優しいが、どこか……何か一線を引いたように、自分のテリトリーの中には踏み込ませないのだ。

そんなのは、不公平だった。

まるで、最初から相手にもならない——と言われているようで、ムカツク。

押しても引いてもビクともしない、分厚くて重い鉄の扉。裕太の感じる疎外感を端的に言ってしまえば、それが一番近いのかもしれない。

父親とは違う、年の離れた兄。その距離感がうまく摑《つか》めなくて、妙に居心地が悪い。

父親にも母親にも、素直に甘えることができるのに。

沙也加には、バシバシ本音でモノを言えるのに。

裸のスキンシップだろうが、ただのジャレ合いだろうが。尚人相手だと、そんなことはまったく気にもならないのに。

なのに。

……なぜか。

雅紀だけが、裕太の中では『別枠』なのだった。

そこらへんのこだわりゆえに、裕太は、長兄を『雅紀にーちゃん』とフルネームで呼ぶ。それは。本音でやり合う沙也加を『お姉ちゃん』と呼び、二歳違いなど心情的にはタメ同然とばかりに尚人を『ナオちゃん』呼ばわりするのとはまた違った意味で、裕太の中では明確な線引きなのだった。

常日頃から裕太の前では何かと高飛車で、すぐに大人ぶりたがる姉の沙也加は。雅紀相手だと、まるで別人のように妙にしおらしい。その態度のあまりの露骨さに、思わず、ムッとするほどだった。

更に、ムカツクのは。沙也加にも裕太にも与《くみ》しない尚人ですら、これ見よがしに雅紀に懐きまくっていることだった。

しおらしくはにかむ沙也加とは逆に、普段はあまり動かない尚人の喜怒哀楽も、雅紀には全開のサービスぶりである。それが気に食わなくて、ついつい、

「バッカみたい。ナオちゃん、それ、雅紀にーちゃんのお下がりだろ？　ぜんっぜん、似合わないよ。お母さんに新しいの買ってもらえばいいじゃん」

八つ当たりの暴言を吐きまくりたくなるほどに。

同じ、男で。

兄弟で。

なのに。

この落差は、何なのか。

『なぜ』……？

『何』が？

『どう』――違うのか？

なんの違和感もなく雅紀に懐くことのできる姉と兄が、羨《うらや》ましいのではない。ただ長兄というだけで、沙也加にも尚人にも無条件で愛される雅紀の存在が妬《ねた》ましいのだ。

いつまでたっても不当な『お子様』扱いされる末っ子の自分には叶わない、その、絶対的とも思える信頼感。

ズルイッ！　――と、思う。

それを目の当たりにするにつけ、裕太の疎外感はますます肥大していく。兄弟の中で、自分ひとりだけが取り残されていくようで。

それが雅紀に対する『嫉妬《しっと》』と言う名のコンプレックスだと明確に自覚するには、まだ、裕太は幼なすぎたが。

「だったらボケーッと座ってないで、ちょっとは手伝いなさいよ。尚だって、ちゃんとやってんのよ。食い意地ばっかり張って、ホント、いつまでたってもお子様なんだから」

慣れた手つきでテーブルをセットしていく沙也加の口調は容赦がない。

尚人の誕生日がちょうど日曜とも重なって、一家の母と長女は、腕にヨリをかけて御馳走作りに精を出している。

もちろん。今夜の主役だからといって、自分の誕生日を祝ってくれるために忙しく働いてくれている女性陣を横目にのんびりと『お客様』状態でいられるほど、尚人は無神経ではない。できることは何でも手伝って、気分よくバースデーを迎えたい——というのが、尚人の偽らざる本音であった。

——が。

だからといって、

(沙也姉、いちいち俺をダシにするなよぉ……)

とは、尚人の切実な気持ちでもある。

兄弟に生まれた以上、何かにつけて、常に比較対象にされるのは避けられない『宿命』だったりするわけだが。それでも。『TPO』はそれなりに、じっくり選んでほしいと思うのだ。

なのに。すっかりヘソを曲げてしまった裕太は、口を尖らせたまま、

「お姉ちゃんのそういう言い方、ムカツク。おれが手伝うって言ったときは、すぐにジャマ扱いするくせにッ」

すでに居直りモードだ。

裕太には悪いが。尚人には、裕太を『ジャマ扱い』する沙也加の気持ちも、よくわかる。

何かにつけ好奇心旺盛な裕太は。独創性に優れた、何でもやりたがりの気分屋だ。ツボにハマッたときにはその積極性も『吉』と出るが、反面、飽きるのも早い。

対して、沙也加は。きっちりスケジュールを組んでテキパキと物事をこなしていくタイプである。

その二人が限られたキッチン・スペースに並んで、事がスムーズに運ぶはずがない。——のは、誰が見ても一目瞭然なのだった。

裕太はあくまで、自分のペースでやりたいようにやるし。

そのせいでよけいな時間を食い、料理の手順もリズムもバラバラの乱調になって沙也加は苛つくし。

あらあら、困ったわね——で苦笑いをするのは。子どものやる気を育てるには忍耐が必要だと割り切っている、太っ腹な母親だけで。

とどのつまりは。マジギレ寸前の沙也加の、

「裕太。あんたがいるとジャマ」

鶴の一声で、裕太はキッチンから締め出されてしまったのだ。

裕太にしてみれば。

『せっかく手伝ってやってるのに、なんでッ？』

——の、不本意なレッド・カードだったに違いない。

そのときのことを、よほど根に持っているのか。それとも、いまだにイエロー・カードの一枚も食わないで沙也加のアシスタントを無難にこなしている尚人が、羨ましいのか。はたまた、妬ましいのか。カウンター内の尚人をギロリと睨めつけて、

「ナオちゃんだって、やりたいから好きでやってるんだろ？　だったら、それでいいじゃん」

そんな憎まれ口を叩く。

思わぬとばっちりが飛んできて、尚人は閉口する。こうなるともう、裕太は、誰が宥《なだ》めすかしてもテコでも動かない。

ところが。

「雅紀にーちゃんだって、何もやってないじゃん。だったら、おれも食べる人でいいッ」

その矛先が雅紀にまで向いた——とたん。

今度は、沙也加が目に見えてキリキリと眦《まなじり》を吊《つ》り上げた。

（あ……裕太のバカ）

「なぁに、言ってんのよ。お兄ちゃんは朝から剣道の試合に行って、さっき帰ってきたばっかりなんだからね。あんたみたいに遊びまくってたわけじゃないのッ」

すごい剣幕で、沙也加が捲《まく》し立てる。

（タイミング悪すぎ……）

つい、ぼやかずにはいられない尚人だった。

尚人が無自覚に傾倒するのと同様に、雅紀に対する沙也加のブラコンぶりも筋金入りである。

雅紀本人が、ときおり苦笑してしまうほどに。

そこらへんの姉の乙女心を深く突っ込んで痛い目を見たくはないので、尚人は冗談でも口には出さないが。『ブラコン』という言葉は知ってはいても、その深意までは正確に把握できていない裕太は懲りもせず、事あるごとに、

「なんで、雅紀にーちゃんだけ。ズルイッ。そんなの、ヒイキじゃんか」

あからさまに口を尖らせる。

かといって。とうの昔に開き直っている沙也加の『それが、何?』という態度が崩れた例《ためし》は、ただの一度もなかったが。

その、雅紀は。早朝から剣道の試合に出かけて行き、裕太が帰ってくる少し前に帰宅したばかりだ。今は、風呂で汗を流している。

実は、その風呂も。雅紀からの『帰るコール』を受けた沙也加が、適温で入れるようにと時間を見計らって準備したのだ。

帰ってきた雅紀がそれを知り、

「ありがとな」

ニッコリ笑ってそれを口にしたときの、沙也加の蕩《とろ》けるような笑顔を垣間《かいま》見て。いつもあんなふうだったら、きっと我が家も、もっと、ずっと平和なのに……と、思わずにはいられない尚人だった。

それは、ともかく。

今日は地区大会の団体戦で、雅紀が通う明和《めいわ》中学は午後からの決勝トーナメントまでは順調に駒を進めたのだが、残念ながらベスト4には勝ち残れなかったらしい。

団体戦はチーム力が勝負である。誰か一人だけがズバ抜けて強くても、総合力で劣れば勝ち残れない。今ある戦力で、誰をどこに持ってくれば確実に白星を稼げるか。その駆け引きの勝負でもある。

ベスト４に残れなかったことで、沙也加は、まるで我が事のように悔しがったが。こういうとき、下手な慰めの言葉などかえっておこがましいような気がして、尚人は、

「残念だったね」

その言葉しか口にできなかった。

逆に、雅紀は。いっそさばさばとした口調で、

「中体連には、まだ、間があるしな。リベンジかますには、いい刺激だろ？」

そんなふうに笑ったが。いつもよりもずっと長風呂なのは、やはり、その悔しさを噛《か》み締めているせいなのかもしれない。

沙也加にしても。料理を作る意気込みにも、やけに気合いが入っていたところを見ると。今日は尚人の誕生日であるのはもちろんだが、同時に、もしかしたら、雅紀の祝勝会のつもりでもあったかもしれない。それがポシャってしまったところにもってきて、裕太が不用意に『地雷』を踏んづけてしまったものだから、沙也加の機嫌は一気に下降してしまったらしい。

もしかして、今日は厄日か？

——と。つい、げんなりとため息を洩らしたくなる尚人だった。

一触即発の沙也加と裕太は、睨み合ったままだ。

さすがに、ちょっと、これはマズイのでは？　――と。尚人が思った、そのとき。

篠宮家の救世主は、

「ナオ、風呂空いたぞ」

千両役者も斯《か》くや……というナイスなタイミングで、その顔を覗《のぞ》かせた。

もっとも。その反応はきっちりと、三者三様に分かれてしまったが。

尚人は、あからさまにホッと息を吐き。

沙也加は、まるで掌《てのひら》を返したようににこやかな顔で、

「あ……お兄ちゃん。お父さんがまだなの。もうちょっと待ってて」

雅紀に声をかけた。その変わり身の早さには、

（沙也姉、露骨すぎ……）

尚人も唖然《あぜん》とするばかりだ。

沙也加のブラコンぶりは今に始まったことではないが、こうも露骨に自分たちとの扱いの差を見せつけられると、さすがの尚人でも、

（なんだかなぁ……）

と、思わずにはいられない。

まして、当然のことながら。裕太は。そんな姉の態度に、更にムッとしたように口をへの字

に曲げた。

沙也加にはまだまだ、言いたいことは山ほどあるが。それの何を、どう吐き出せばいいのかわからない。そんな顔つきだった。

「何？　どうした？」

とても『和やか』とは言いがたい雰囲気を察してか、さすがに怪訝《けげん》な顔で、雅紀が問いかける。

「なんでもない。ただ、裕太が摘まみ食いしようとしてただけ」

「摘まみ食いじゃないもん。味見、だもん」

ブーッと膨れて、なおも、裕太は食い下がる。

摘まみ食いだろうが、味見だろうが。傍から見れば、どちらにしたところで大差はないようにも思えるのだが、裕太には裕太なりの『ケジメ』があるらしい。

雅紀は壁の時計がとうに午後の六時を過ぎているのを見て、納得したように頷《うなず》く。

「あぁ……やっぱ、腹も減るよな」

そうして。

「けど、せっかく母さんと沙也加が頑張ってるんだから、あと、もうちょっと待てるよな？」

説教じみた響きなど微塵《みじん》もない口調で長身を折り曲げ、裕太の顔を覗き込む。

雅紀の目は、うっすらと蒼《あお》みがかった綺麗な金茶色だ。

どこか硬質な宝玉を思わせる双眸はキラキラと眩《まばゆ》く。つい、うっとりと魅入ってしまうような、およそ日本人離れしたその不思議な色合いは、まるで――光線の加減で様々な色を織りなす万華鏡のようだった。

そんなものだから。雅紀に正面切ってじっと見つめられると、なぜか。人は例外なく、とっさに言葉を無くしてしまう。

この世に災厄をもたらすという『邪眼』が本当に存在するのなら、雅紀の双眸は、人の思考を金縛りにする『魅了眼』だったりするのかもしれない。

おそらく。雅紀がその気になれば、誰でもイチコロだろう。

もちろん、お子様な裕太も例外ではない。

「今日は、ナオの誕生日なんだし。みんながちゃんと揃ってから食った方が、きっと、もっとずっと美味《おい》しいぞ?」

瞬きもせず雅紀にじっと見つめられて、裕太は何も言えなくなる。心なしか、耳までうっすら紅潮しているのは、単に、あっさり言い含められてしまった己の不甲斐なさに舌打ちでもしたい心境――ばかりではないだろう。

「な?　裕太、待てるよな?」

唇をへの字に結んだまま、それでも、裕太がコクリと頷く。

すると。雅紀ははんなりと破顔して、『えらい、えらい』とでも言うように、裕太の癖っ毛を二度三度とやんわり掻《か》き回した。

さんざん甘やかされて育った末っ子のヤンチャくれは、その実、お子様扱いをされるのを何よりも嫌がる。もしも、ほかの誰かがそんなことをしようものなら、きっと、裕太はプンとムクれて、すぐさまその手を払いのけるのだろうが。さすがに雅紀が相手のこの状況では、少々勝手が違う――らしい。

頭を撫《な》でる雅紀の手が、思いのほか優しかったからだろうか。

それとも。

思いがけない長兄とのスキンシップに動揺して、身も心も金縛ってしまったのか。

色白な肌をうっすらと紅潮させた、借りてきた猫よりもおとなしくて従順な裕太。そんな世にも珍しい我が弟の姿に、

(もしかしたら、今夜は大雨かも……)

尚人は思わず唸《うな》り。

沙也加は、呆れたように目を瞠《みは》る。

自分のことはさておき。先程までは確かに全身の毛を逆立てていたはずなのに、この豹変《ひょうへん》

は、いったい何？　――とでも言いたげに。

雅紀は、それを知ってか知らずか。とりあえず自分の役目は終わった――とばかりにその場を離れると、カウンター越しに尚人に声をかけた。

「ナオ。冷たいの一杯くれる？　いつもより長風呂しちゃって、なんか喉が渇いちゃったよ」

その声に弾かれたように、尚人は慌てて冷蔵庫のドアを開ける。

「ウーロン茶？　ポカリ？」

「うーん……ウーロン茶」

尚人はグラスではなく、いつもの、雅紀お気に入りのマグカップになみなみと注いで渡す。

「サンキュ」

そう言って受け取る雅紀の指は長く、しなやかだ。とても、武闘派の手とは思えない。

スラリとした長身の雅紀が道着をつけて竹刀《しない》を握る姿は、もちろん、それだけで充分すぎるほどに見栄えするのだが。尚人は、

「趣味でやってるだけ」

と、言い切る雅紀が弾くピアノを聴くのも大好きだった。

特に。沙也加とピアノの連弾などをやらせると、もう、最高なのだ。あの、勝ち気な沙也加のとても幸せそうな満開の笑顔など、滅多に拝めるものではなかったし。

二人がまだ、同じピアノ教室に通っていた頃。年に二、三度行われる発表会で、ただでさえ目立つ二人がきっちり正装して肩を並べていると、それだけでもう、絵に描いたような華やかさというか。いきなり別世界の、目立ちまくりの感涙ものだったことを尚人は今でも鮮烈に覚えている。

元々、通っていた幼稚園の情操教育の一環として、放課後のピアノ教室が体験コースに組まれていたのだ。それで、何となく興味を覚えてやりはじめた雅紀だったのだが。けっこうツボにハマってしまったのだった。

そういう意味では。ほかの男の子たちが自然と、サッカーだのミニバスケなどの体育コースに流れてしまう中ではかなりの異色だったわけで。女の子に混じってピアノを弾く雅紀は周りから色々からかわれたりもしたが、当人はまるで意に介さなかった。

もちろん。ヤッカミを込めて騒ぎ立てるのはクソ生意気な男児ばかりで。その頃からすでに、ピアノを弾く雅紀の周りには黄色い声を張り上げる女の子で鈴生り状態だったのだが。

小学校の高学年になると、友達に誘われて剣道を始めた。

そして。中学に入って本格的に剣道をやりだした雅紀は、ピアノ教室との両立は無理だと判断して、あっさり、やめてしまったのだ。

雅紀の影響でピアノ教室に通い、兄妹でコンクールに出ることを夢見ていた沙也加の落胆ぶりときたら、ちょっと、口では言えないほどであった。

それから、だろうか。沙也加の、雅紀へのあからさまな『エコヒイキ』ぶりが加速しはじめたのは。

「せっかくずっと続けてきたのに、今やめてしまうなんてもったいない」

誰もが同じようにそれを思って、誰も、それを口にできなかったのは。剣道一本に絞りたいという雅紀の強い意志と、その才があったからだ。

事実。中学生になるとメキメキ頭角を現し、個人戦ではどの試合でも常にベスト8を外れたことがなく、日本人離れした容姿ともども、その才能は一気に開花したのだった。

腰が高く、足が長い。

中学三年にして一八〇センチ近い長身は細身だが、強靱《きょうじん》。

しかも。誰もが足を止めて見惚《みと》れるほどの彫りの深い端正な容貌は、八等身のモデル体型にもまったく遜色《そんしょく》がなかった。

色素の薄い、蒼みがかった金茶の目。

ちょっとクセのある、柔らかな天然の茶髪。

それらは、おそらく、父方の曽祖父が外国人であったための名残りだと思われるが。同じ兄弟でも、なぜか、雅紀一人だけが見事に先祖返りをしてしまったかのような容貌で、言われなければ誰も、雅紀と下の三人が実の兄弟だとは思わないだろう。実際、雅紀が生まれたときには、ちょっとした騒ぎになったのだが。

もっとも。似てはいないが、劣るわけでもなく。むしろ、その半端でないキャラクター度に於ては、篠宮家の三男一女の《血》は、まさに争えないのだった。

父とも母とも、妹や弟たちとも違う――異相。

雅紀を見た誰もが、まず、その容姿に感嘆し。そして、雅紀がクォーターでもない日本人だとわかると、同じような驚愕《きょうがく》の声を洩らす。

そのことで、雅紀がまったくコンプレックスを感じなかったと言えば嘘になる。まだ、ほんの小さな頃は、特に。

噂《うわさ》好きの無責任――は、何も赤の他人の専売特許ではない。何かと密接な利害関係が絡むだけ、実は、親戚筋という『身内』の方がもっと、ずっと質が悪かったりもするのだ。

だから、雅紀は。謂《いわ》れのない偏見と侮蔑《ぶべつ》には、それなりに、きっちりと利子を付けて返してやった。

沈黙は、美徳などではない。

自分からその一歩を踏み出さなければ、自分も周りも、何も変わらない――のだと。

それらをきっちり実践することで、雅紀は強くなった。頭の上でうるさく群れたがるだけのハエをひと睨みで叩き落とせるくらいには、充分に。

人間。よくも悪くも。何かひとつでも人より派手に目立ってしまえば、その他大勢のヤッカミも強烈だが。完璧……とまではいかなくても、それなりに条件が揃ってしまうと妬むことの虚しさを覚えて、人は寛大にならざるを得ないのかもしれない。

もちろん。ダイヤモンドの原石も磨いて光らせなければただの石塊――なのは当然のことで、己の『才能』を輝かせるための自覚と努力が必須条件であることは、あえて言うまでもないことであるが。

自分に自信が持てるほど強くなれば、人を思いやれる余裕も優しさも湧《わ》く。

ましてや。妹や弟たちは、素直に可愛い。

たとえ、なかなか懐こうとしないヤンチャ坊主でも。あまりにもミエミエの態度で、思わず笑ってしまえるほどに。

そうこうしているうちに。やがて、玄関のチャイムが鳴り。父の慶輔《けいすけ》が尚人のバースデー・ケーキを持って帰ってきた。

そうして。

ようやく家族六人が揃ったところで、皆がそれぞれ自分の席に着く。

「じゃあ、まずは、尚人だな」

名前入りのケーキにロウソクを十本立て、慶輔が火をつける。

誕生日の、お約束のセレモニーだ。

――が。さすがに四年生にもなると、そんな決まりきった約束事が、何だか……妙に照れくさい。

それでも。『もういいよ』とは言わないところが、年に一度の誕生日だったりするのかもしれない。

「ほら、ちゃんと、お願い事はした？」

（裕太じゃあるまいし、そんな、ガキみたいなこと……しないよ）

などと、思いながら。

（でも、やっぱり、ちょっとだけ……格好だけでもつけておこうかな）

ほんの数秒、目を瞑《つむ》る。

そうして。ロウソクの火を吹き消そうと大きく息を吸い込んだ。

――瞬間。

十本のロウソクの火は、なぜか、一瞬のうちに掻き消えた。

（え……？　――な、に？）

何が起こったのかわからなくて。束の間、尚人は呆然《ぼうぜん》とする。

　すると。すかさず、

「裕太ッ！　あんた、何やってんのよッ」

　沙也加の罵声《ばせい》が飛んだ。

「だって、ナオちゃん、さっきからカッコばっかつけてンだもん。ロウソクの火が消えないと『いただきます』できないんだろ？　だったら、いいじゃん。おれ、もうガマンできない」

「バカッ！　よけいなことするんじゃないわよッ」

　それは。裕太を除く、家族全員の正直な『心の叫び』であったろう。

　なのに、裕太は。

「ねぇ、お母さん。もう、食べていい？」

　少しも悪びれない。

　さすがに、慶輔が眉《まゆ》をひそめてそれを咎めようとした。

　――そのとき。

「ゆぅぅうたぁぁッ」

　プッツリ――と。尚人の堪忍袋の緒が切れた。

　がっぱり立ち上がって、尚人が椅子《いす》を蹴《け》る。

　と――さすがに身の危険を感じたのか、裕太は素早く椅子から飛びのき、

「ナオちゃんが、さっさとしないからだろぉッ」

そんな憎まれ口を叩きながら、一番の安全圏であるだろう慶輔の膝の上にちゃっかり避難してしまった。

その、あまりにも末っ子らしい要領の良さに、ただ一人を除いて、皆同じように、唖然とため息を洩らす。

しかし。年に一度のセレモニーの最大の山場で、最後の最後、横からあっさり『主役』の座を食われてしまった尚人は、

(なぐってやる……。絶対、イッパツなぐってやるんだからなぁぁッ)

珍しくもマジギレ状態であった。

その顔つきに、これは真剣にヤバイ——と。

「ナオッ」

雅紀が慌てて尚人を羽交い締めにする。

「離してよッ、まーちゃんッ。裕太の奴、ブッ叩いてやるんだからぁッ」

「こらッ。おい、ナオッ」

雅紀の腕の中で、尚人が暴れまくる。

いくら雅紀の体格が尚人よりはるかに勝っているからといって、マジギレで跳ねる身体を押

さえつけておくのは骨が折れる。ともすれば腕の中から弾けそうになる尚人を押し止め、雅紀は必死で抱きしめる。

本当に。いつもは聞き分けが良くて何の手も掛からない尚人のどこにこんな激情が潜んでいたのかと、雅紀は内心舌を巻く。

裕太は裕太で。思いもかけない尚人のマジギレに、父親の膝の上で今更のように蒼くなる。

篠宮家の中では、『ヤンチャ』は末っ子である裕太の特権であった。

だから。基本的に甘ったれのヤンチャ坊主は、大いにタカを括《くく》っていたのだ。どんな『ヤンチャ』をしでかしても、家族は、最後の最後になれば『しようがないな』の一言で許してくれるものだと。

ケーキのロウソクの火を吹き消したのは、ちょっとしたイタズラ心だった。

沙也加とのバトル・トークに、尚人は、ちっとも自分の味方をしてくれなかった。

そのあげくに、雅紀にまで『お子様』扱いをされて、裕太は内心……かなりムカついていたのだ。

だから、あれは。ほんのささやかな、八つ当たりの意趣返しだった。

なのに……。

まさか。

尚人が、あんなに真剣に怒るとは思わなかったのだ。

(ナオちゃんって、怒ると——マジ、こわい……)

このとき。

初めて。

二歳年上の兄に対する認識を、裕太が少しばかり改めた瞬間でもあった。

「ほら、ナオ、落ち着けって。いい子だから、な?」

尚人を腕の中に抱き込んだまま、皆がいるテーブルから離れたソファーに座り、宥めるように雅紀が囁《ささや》く。

腕の中の尚人は、まだ、どこもかしこも激情に張り詰めたままだ。そのせいだろうか、抱き込んだ尚人の身体が火照《ほて》っている。

形の良い耳朶《みみたぶ》も。

色白な肌理《きめ》の細かい首筋も。

今は、しっかり紅潮している。

意外なほどきれいに反り返った睫《まつげ》も。

小作りな薄い唇も。

憤りに震えて……。

密着した温もりと逸《はや》る鼓動が、ダイレクトに雅紀にも伝わってきた。

「裕太も、ほら、父さんにこっぴどく叱られてる」

言いながら、雅紀は。自分とは違う、さらりとした艶やかな黒髪の手触りを確かめるように、ゆったりと何度も尚人の髪を撫でてやる。

(そういえば、こういうスキンシップもずいぶん久しぶりだよなぁ)

などと思いつつ。

照れくさいのか、恥ずかしいのか。この頃は、以前のようにベタベタとまとわりついてこなくなった尚人の身体をあやすように、もう片方の手で、軽く、手を握ってやる。

「だから、なぁ、もういいだろ?　せっかくの誕生日なんだからさ。機嫌、直せって」

しかし。

「……ヤだ。裕太の奴、イッパツなぐんなきゃ気がすまない」

なおも、尚人はグズる。

そして、雅紀は気付くのだ。末っ子のヤンチャばかりに目が行くが、五歳年下のこの弟の、意外に強情な気の強さに。

(そっかぁ。四年生だもんな。こっちも、まだまだ、お子様だってことだよなぁ)

それを思うと。何か意外な発見をしたような喜びで、内心、なぜか……笑えてきた。

「バッカだなぁ。裕太殴ったって、そんなの、手が痛くなるだけだって。な?」

「だって……」

「んー……じゃ。メシ食った後に、ナオの好きな曲弾いてやるよ。俺からの誕生日プレゼント。それなら、どうだ?」

「……ほんと?」

「あー、何でもいいぞ?」

「——一曲だけ?」

「ナオの好きなだけ。ただし、ここンとこ、あんまり触ってないからな。ちょっと、もたつくかもしれないけど」

するると。少しだけ身じろいで、尚人は身体の力を抜いた。

「んじゃ……。俺ね、まーちゃん。あれがいい。まーちゃんが、去年の夏の合宿から帰ってきたときに弾いてたやつ……」

すっぽりと包まれた雅紀の腕に、胸に、その答えの全てを預けるように。

「去年の……夏?　あぁ……『シークレット・ラブ』な」

そんな尚人と雅紀の二人を視界の端に据えて、沙也加は、今更のようにため息を洩らす。

やっぱり、『妹』って損よねぇ……と。

雅紀は、誰もが羨《うらや》む自慢の兄だった。

雅紀と肩を並べて歩いていると、誰もかれもが振り返る。

そして、言うのだ。

「篠宮さんのお兄ちゃん、すっごいハンサムだねぇ」

「いいなぁ。あんなカッコイイお兄さんがいて」

ハンサムなだけじゃないの。

カッコイイだけじゃないの。

すっごく優しいのよ。

剣道だって、強いんだから。

ピアノだって、上手《うま》いのよ。

もう、サイコーなんだから。

でも……。

――だけど。

もし、沙也加がマジギレになっても。兄はきっと、あんなふうに腕の中にすっぽり抱きしめて自分を慰めてはくれないだろう。

たぶん。

あんなふうに、髪を撫でては……くれない。

あれは、尚人が『弟』だからこそ許される特権なのだ。

沙也加は知っている。

父が末っ子の裕太ばかりを可愛がるから、兄は、尚人に優しいのだ。

いつだって……そうなのだ。

父が裕太を甘やかすから、兄は尚人をかまうのだ。

沙也加は、知っている。

雅紀は優しいから……。

だから、尚人が僻《ひが》んでしまわないように、父の代わりに尚人を甘やかすのだ。

尚人が、かわいそうだから。

父は、裕太を。

兄は——尚人を。

それを思うと。同じ姉弟なのに、自分だけがずいぶん損をしているような気がして。沙也加は、なぜか、不意に——尚人が憎らしくなった。

＊＊＊＊＊＊＊＊＊

それは。
自覚のない欺瞞《ぎまん》が膿《う》んだ、
リアルな妄想……。
――だったのかもしれない。

いつも身綺麗な母の笑顔があって。
大きくて頼もしい父の背中があり。
優しい長兄がいて。
口うるさいが頼りになる長女がいて。
聞き分けの良い次男がいて。
生意気だが可愛い末弟がいる。

＊＊＊＊＊＊＊＊

五月の空は眩しかった。

すっきりと澄んだ、蒼の色。

果てしなく広がる宙を切り裂くように、一筋の飛行機雲が飛んでいく。

ただそれだけのことで、理由もなく笑みがこぼれる。

死ぬほど退屈ではないが、平凡な日々の繰り返し。

多少の軋轢《あつれき》はあっても、日常は、押し並べて穏やかな時間の流れの下で、いつもと同じように、静かに明け暮れていくのだと思った。


そう。

あの日。
——突然。
父が、家族を捨てて家を出ていくまでは……。

《＊＊＊リアルな妄想＊＊＊》

ふと気が付くと、そこにいた。

ナゼ?

そして。唐突に思考が戻る。
いきなり、スイッチが『ＯＦＦ』から『ＯＮ』に切り替わってしまったみたいに。

ここは——どこ?

……わからない。
ここが、どこで。
いつから?
何のために?

自分が、ここにいるのかも。
確かに目を開けているはずなのに。じっと目を凝らしても、何も見えない。

漆黒の——闇？

見えないのなら、目を閉じていても同じだと思うのだが。
それでも。
つい、うっかり目を閉じてしまうと、自分の存在自体が認識できなくなりそうで。
——怖い。

今。ここに在る——自分。

それだけが、この世界の、唯一のアイデンティティーであるような気がして。
——凝視する。
在るがままに。
消失点のない、深淵《しんえん》を。

＊＊＊＊＊＊＊＊＊

そこは……。
まったりと重い闇だった。
暑くもなく、寒くもない。
ヒリつくような渇きも、不快なベタつきもない。
ただ、奇妙な質量感に満ちたモノトーンの世界だった。
密閉された空間なのか。
あるいは、果てのない深層——なのか。
それすらもわからない。
風の揺らぎも、匂いも感じさせない静寂と。
どんよりと重い、沈黙。

世界は漆黒の静謐《せいひつ》に満ちている？

——否。そんなはずはない。

だから。

これは『夢』なのだ。

……たぶん。

いや。きっと……。

そう思って。とりあえず、深く——息を吐く。

夢ならば、いつか覚める。

それは漠然とした『確信』ではなく、頭のどこかに刷り込まれた奇妙な『感触』だった。

誰の？

いつの？

何のための……？

と——そのとき。
不意に。
漆黒のベールがささめいた。
静寂という名のグラスの端から、沈黙の雫《しずく》がこぼれ落ちる。
とろり……と。
一筋の糸を引いて、滴り落ちる。

一滴《ひとゆれ》。
二滴《ふたゆれ》。

それは。水面に広がる波紋のように、微《かす》かに闇を震わせた。
細く。
——淡く。
たゆたう静謐の、磨ぎ澄まされた余韻を食《は》んで。
そうして。

それは、やがて。寄せては返す細波《さざなみ》のように共鳴する。
甘く掠《かす》れたユニゾンの風を孕《はら》んで。

『──あ…あぁぁ……』

とたん。
トクン……と、小さく鼓動が跳ねた。
胸の奥で。
視界の端で。
吐息の先で。

『ン…あぁぁ──』

そのとき。
何かが。ツクリ──と血を灼《や》いた。

知ッテル。
アレガ、何ナノカ。
俺ハ……知ッテル。

『——さん』

甘く、掠れた声だった。
いつもとは違う？
もっと……別の？
見知らぬ他人のそれで、＊＊＊を呼ぶ。
（イヤだ）
（ダメだ）
（呼ぶなッ）

理性はそれを警告する。

聴キタクナイッ！

『う…ぁッ、ん――か、ない……で……』

上擦った淫《みだ》らな声が、絡みつく。

「やめないで」

「行かないで」

「捨てないで」

＊＊＊の、首に。

腕に。

足に。

忌《い》まわしい呪縛《じゅばく》の毒を蒔《ま》き散らして。

（ウソだ）

（違う）

（ヤメろッ）

うぶ毛の先までそそけ立ち、五感はそれを拒絶する。

見タクナイッ！

なのに。

高く――低く。

ヒビ割れて重なる『声』と耳障りな『軋《きし》み』が暴き立てる。

記憶――を。

逃ゲ出シタイ………。

（あの『声』から）

（この『闇』から）

（この『呪縛』からッ）

そんな足掻《あが》きを嘲笑《あざわら》うように、それは、唐突に視界を突き刺す。迫《せ》り上がる拍動の歪《ゆが》みが弾け飛ぶように。

瞼《まぶた》を灼《や》いて。

こめかみを蹴りつけ。

熱く——鋭利な牙《きば》で、容赦なく心臓を抉《えぐ》った。

「イヤぁぁッ。……ら、ないでッ。——ちゃん……なんか——お兄ちゃんなんか、大ッキライッッッ！」

《＊＊＊家族という名の錯覚＊＊＊》

『────ッ！』


いきなり、頭の芯《しん》を突き刺すような『声』に飛び起きて。

（…あ───？）

尚人《なおと》は、一瞬───闇の中で金縛る。

（……な…に？）

どこまでが『夢』で。

いったい、どこからが『現実』なのか。

とっさに、その判断がつかなくて。

もしかしたら。いきなり、夢の『裏』まで突き抜けてしまったのではないかと。そんなふうにさえ思えて、ぎくしゃくと瞬きをする。

すると。とたんに喉《のど》がヒリついた。

錯覚ではない――渇き。

それを意識した、瞬間。

ザワリ、と。

鳥肌が立った。うぶ毛の先までそそけ立つように。

そして。ようやく、そこが、見慣れた自分の部屋であることに気付いて、尚人は強ばりつい
たままの息を呑《の》んだ。

(…ったく、なんで――)

乾いた唇を何度も舌で湿らせて、舌打ちをする。久しぶりに、ずいぶんとタチの悪い夢を見
てしまった――と。

だが。

(夢……?)

タチノワルイ――ユメ?

すぐに。声にはならない苦汁を奥歯で噛《か》み締めて、

(――どこがッ)

吐き捨てる。

あれは『夢』などではない。

二度と思い出したくもない、忌まわしい『記憶』の断片なのだった。

「慣れた」

と、うそぶくには生々しくて。

「忘れた」

その一言ですっぱり切り捨ててしまうには、あまりに重い。

だから。

ときおり……。

無理やり封じ込めてしまった記憶の淵《ふち》から触手を伸ばし、うっそりと這《は》い上がってくるのだろう。まだ、何も終わってはいないのだと。それを、尚人に知らしめるように。

『どんなに深く抉れた疵《きず》も、時間が全てを癒してくれる』

そんな寝言はお気楽な傍観者の戯言《たわごと》でしかないことを、尚人はひしひしと実感する。

目に見える傷は癒えても、痛みは思い出にはならない。抜けないトゲのように、いつまでも、ジクジクと疼《うず》き渋るだけなのだ。

泣きたくても、哭《な》けない瞬間がある。まるで、全ての感情が突然……麻痺《まひ》してしまったかのように。

視界はくっきりと鮮明なのに、何も——聴こえない。

ただ、足下だけがグラグラと崩れていく……。そんな一瞬が。

血糊《ちのり》は乾いても、瘡蓋《かさぶた》は残る。

起きてしまったことをどんなに悔やんでも、あったことをなかったことにはできない。たとえ双眼を刳《く》り貫《ぬ》いても、脳裏に焼き付いたものは消えてなくなりはしないのだ。

許せない。

——許さない。

だが。本音の裏には、口にできない切羽詰まった『想い』もある。

好きだから、許せない。

許せないから、憎むしかない。

だから。堂々巡りのジレンマは『メビウスの輪』のように果てがないのだろう。

真実はたった『ひとつ』でも、それがいつも正義の証《あかし》になるとは限らない。

そこに至るまでの『事情』には千差万別の『理由』があるのだと、尚人は知る。目に映る事実だけが唯一無二の真実ではないのだ、と。

人生にチャレンジとアクシデントは付き物なのかもしれないが。その結果が気に入らないからと言って、都合よく過去をリセットすることは許されない。

だから。現在を生きていくためには痛みも何もかも『忘れた』ふりをして、見えない疵にも

『慣れる』しかないのだろう。

（現実なんて、そんなものだ）

誰に聞かせるわけでもなく、尚人はひとり嘆息する。

たとえ、どんな惨劇や大災害があったとしても。いつもと同じように日は暮れて、夜は明けるのだ。それぞれの慟哭《どうこく》だけを取り残して……。

日々は、その繰り返しにすぎない。

運命は、気紛《きまぐ》れに人を弄《もてあそ》ぶが。歳月は、人を選別しない。ある意味、時間の流れだけは無慈悲なほどに平等なのだった。

他人の痛みがわかる人間になれ――？

そんなものは、ただの欺瞞《ぎまん》だろう。

わかって、ドウスル？

それで、ドウナル？

誰も、その『痛み』を肩代わりすることなどできやしないのに。

下手《へた》な訳知り顔で正論を吐く奴は、ただの偽善者だ。

――虫酸《むしず》が走る。

痛みを曝《さら》け出すには傷口を抉る勇気と、その何倍もの忍耐がいる。

だから。誰もわかってくれなくていい。

同情はいらない。

中途半端なお節介は傍迷惑《はためいわく》なだけだ。

押しつけがましい無神経な好意は、ドブに投げ捨てたくなる。

(…………)

夢見が悪いと、どんどんネガティブな思考に引《ひ》き摺《ず》られていきそうになる。

そんなことを思いながら、尚人はベッド・ヘッドの目覚まし時計に目をやる。

暗闇にぼうっと浮かび上がる蛍光のデジタル文字は、午前四時二十分。

夜明けには、まだたっぷり時間はある。

――が。公立では随一と言われる進学校に通う高校生になり、朝課外が必修になってしまった尚人の毎朝の起床は午前五時。このまま二度寝するにはあまりにも中途半端な時間だった。

(ツイてない)

今更のように舌打ちする。

そして。

(しょうがない。ちょっと早いけど、朝飯の支度でもするかぁ)

アラームを解除すると、渋々ベッドを抜け出した。

＊＊＊＊＊＊＊＊

毎日が平々凡々。

可もなく不可もなく、一日が暮れていく。

波乱万丈の人生なんて、夢のまた夢。

しかし。たとえ見た目には刺激に欠けた日々の繰り返しであろうとも、それで、神経シナプスがごっそり死滅してしまうほどではない。

そんな……穏やかで退屈な日々の平穏が、突然、崩れ去ったのは。尚人が、小学六年生の夏のことだった。

『頼りになる夫であり、子煩悩で優しい父親』

家族が、いや――周囲の誰もが、そう信じて疑いもしなかった父の不倫が発覚してしまったのだ。

寝耳に水――どころではない。まさに、青天の霹靂《へきれき》である。

うだるような暑さが不意に掻《か》き消えて、頭の中が、一瞬……真っ白になる。

ただ、呆然《ぼうぜん》絶句。

手足だけが冷たく痺《しび》れていく……。そんな感じだった。

そのときまで、尚人は。『幸せの在り方』だの『家族の幸福』だの、そんなことは露ほども考えたこともなかった。

毎日毎食、いつも皆が同じ時間に顔を揃《そろ》えていたわけではないが。母の手料理で、家族が食卓を囲み。いつものように綺麗《きれい》に洗濯のしてある服に着替え。たまには家族揃って旅行に出かけ。毎晩風呂に入って、暖かな蒲団《ふとん》で眠る。

それは、何も特別な幸せではなく、ごく普通のことだと思っていた。

母の笑顔があって。

大きな父の背中があり。

優しい兄がいて。

口達者な姉がいて。

ヤンチャな弟がいる。

目に馴染《なじ》んだ光景はそれ以上でもなく、それ以下でもない。家族とは——日常とは、そういうものだと信じて疑いもしなかった。

そこそこに大なり小なりの悩みは抱えていても、ごくごく普通の。どこにでもある家族の、ありふれた日常。

たぶん。大部分の家庭では、

「不倫」

「浮気」

「離婚」

そういう言葉は、テレビドラマやワイドショーや女性週刊誌などがセンセーショナルに世間を煽《あお》るための常套句《じょうとうく》で、自分たちにはまったく縁のない別世界のことだと思っているに違いない。

尚人も、そう思っていた。父の秘密が暴露されるまでは。

母は一生『お母さん』であり、父は死ぬまで『お父さん』なのだと。

なのに……。

どこで間違えてしまったのか。

何が——噛み合わなくなってしまったのか。

父は。ある日突然、いきなり『父親』の仮面を脱ぎ捨てて『ただの男』に豹変《ひょうへん》してしまったかと思うと、いともあっさり、自分たちを——家族を捨ててしまった。

まるで……昨日までの生活こそが偽物であったかのような唐突さで。すでに不要になったものには『愛着』も『未練』も感じない——のだと言わんばかりに。

ナゼ?

ドウシテ?

信じられなかった。何もかも、が。

本当に、これは、何かタチの悪い冗談ではないのか?　——と、何度もそれを思い。誰でもいいから、

「これは、何かの間違いだよ」

そう、言ってほしかった。

たとえ、それが何の慰めにもならない下手な嘘なのだとしても、

「大丈夫」

その言葉が聞きたかった。

父の不在が続く家の中は、まるで、アンカーを失ってしまった小船のようだった。ぐらぐらとアンバランスに揺れる船板の上で何をどうすればいいのかわからず、誰もが途方に暮れている。そんな毎日であった。

家族の中から『父』というピースが欠けてしまった後の居心地悪さ。それは、不意に、自分の居場所さえ見失ってしまったような喪失感さえ抱かせた。

誰も、何も——語らず。

何を食べても砂を噛んでいるようで。

眠りは、浅く。

吐息は……鉛を詰め込んだように重い。

家から一歩外に出れば世間はうだるような盛夏なのに、心の中はブリザードが吹きまくっている。

そんな、腫物《はれもの》を触るような、ぎくしゃくとした寒々しさを目の当たりにして。尚人は。それが嘘でも冗談でもなく、覆せないリアルな現実であることを直視せざるを得なかった。

ざっくり抉れた傷と引き換えに、『父親』という存在は永遠に消え失せてしまったのだと。

失ってみて、初めて気付いた。

ささやかな日々の幸福は日常に埋没している——のだと。

そして、恨んだ。家族に対する『裏切り』という最悪卑劣な行為で、それを眼前に突きつけた——父を。

それでも、母は。そんな父を、

「許して、待つ」

……のだと、言った。小刻みに震える声で。

いつか、父が自分の間違いに気付いて、自分たちの……家族の元に戻ってくると。何を根拠か、頑《かたく》なに、そう言い張った。

「だから、あなたたちも我慢してね」

やつれた顔にぎこちない笑みを張りつかせて。

「大丈夫。お父さんは、きっと帰ってくるから」

だから、離婚は絶対にしない――と。

雅紀《まさき》や沙也加《さやか》が、それを、どういうふうに受け取ったのかは知らない。

――が、少なくとも尚人は。そんな母が愚かだとも滑稽《こっけい》だとも思わなかった。ただ、父が自分の過ちを認めて家族の元に帰ってくると、そんな、ありもしない子ども騙《だま》しの嘘を必死に自分自身に言い聞かせているかのような母の意固地が哀しかっただけで。

あるいは。自分よりもはるかに若々しい愛人に対しての、母なりの譲れない意地でもあったのか。

たとえ、心情的にはどうであれ。実際問題として、育ち盛りの子どもを四人も抱えて一からやり直すには、払う犠牲があまりに大きすぎて、おいそれとは離婚に踏み切れなかったのだろうと。今なら――わかる。頑なだった母の気持ちも、少しだけは。

父と母の間で、本当は何があったのか。尚人は――知らない。

知りたいとも思わない。……今は。

父と母の過去をほじくり返しても、時間は元には戻らない。失ってしまった家族の絆《きずな》もまた、同様に。

しかし。

その当時は。

父が、なぜ、自分たち『家族』よりも愛人という名の『他人』を選んでしまったのか……。そのことだけは、無性に知りたかった。

いや。自分たちには、それを知る権利があると思った。でなければ、いつまでも気持ちが宙ぶらりんのままで、何も手に付かなかったからだ。

たとえ、それで、更に深々と疵を抉るようなことになっても、何もわからないままでいるよりははるかにマシだと思ったのだ。

——が。見るからにげっそりと憔悴《しょうすい》してしまった母を前にして、そんな追い討ちをかけるような無神経なことを聞けるはずもなく。結局、その場では口を噤《つぐ》むしかなかった。

少なくとも。胸中の葛藤は別にして、雅紀を頭に沙也加と尚人の三人には、まだ、母を気遣うだけの理性と自制が残っていた。

けれども。一番の父親っ子であった裕太《ゆうた》は、それでは納得しなかった。

「なんで、お父さんは帰ってこないの?」

「どうして、お父さんの荷物、なくなっちゃったの？」

「お父さん、どこに行っちゃったの？」

「ねぇ、なんで？　どうしてッ？」

大人の身勝手な論理で裕太を黙らせることはできなかった。

曖昧《あいまい》な言い訳も、裕太には通じない。

「お母さん。ねぇ、教えてよッ」

真っ向から問い詰められて何も言えずに項垂《うなだ》れた母は、ついには嗚咽《おえつ》に咽《むせ》んでしまった。

――ドウシテ、オマエガ、ソレヲ言ウノカ？――

妥協を許さない裕太の純真さは、ある意味、父の裏切り行為よりももっと辛辣《しんらつ》で。

――ナゼ、オ母サンダケヲ責メル？――

吐き出す言葉は鋭い牙となり、容赦なく母の心を引き裂いた。

――ソンナ権利ガ、オマエニアルノカ？――

尚人たちの前で、身も世もなく号泣してしまうほどに。

見たくはなかったのだ、そんな母の姿は。裕太以外の者は、誰も……。

そう思ったからこそ、年長者たちは口を噤んで我慢していたのに。子どもの『正義』を振りかざして、末っ子だけが母を糾弾《きゅうだん》する。

理不尽だと思った。

母を泣かす裕太を――殴りつけてやりたかった。

だから、雅紀は。泣き崩れた母を抱きかかえるようにして寝室へ連れて行った後で、

「おまえのワガママで、これ以上母さんを泣かせるなよ、裕太。一番辛いのはおまえじゃなくて、母さんなんだから」

母の代わりに、いっそきっぱりと引導を渡したのだ。

「父さんは、母さんより……俺たちよりも好きなオンナができたから、もう、俺たちはいらないんだよ。そのオンナと、別の家で暮らす。だから、この家には二度と戻ってこない。わかったか？」

母が頑なに口にする『嘘』さえ、見事にバッサリ斬り捨てて。

それは同時に。いつ崩れてもおかしくはない、危ういバランスの上にあった現実を白日の元に曝して、家族としてのケジメをつけることでもあった。

膿《う》んだ痛みをただ引き摺っているだけでは、これから先、自分たちは一歩も前に進めない。

雅紀は、そう思ったのだろう。

裕太は。父が母以外の――自分たちよりも好きな女ができたという事実より、雅紀に『いらない』と言われたことの方がはるかにショックだったようだ。

「おれたち……いらないの？」

問いかける口調よりも蒼《あお》ざめた顔つきが、それを如実に物語っていた。

「そうだ。だから、父さんは一人で出ていった。この家から」

しかし。常々『お父さんが一番スキ』を公言して憚《はばか》らない裕太には、それはどうにも認めがたい、雅紀の暴言のように思えたのかもしれない。

末っ子のヤンチャ坊主——ということもあってか、父は、傍目にも見て取れるほど裕太には甘かった。

それを知っているから、何かをねだるときには必ず、裕太は父に『お願い』するのだ。まるで、それが、末っ子の特権であるかのように。そうすると、甘え上手な末っ子の粘りに、たいがい父が根負けしてしまうので。

それでは躾《しつけ》にならない——と、母は決して良い顔はしなかったが。先に確約を取り付けてしまった裕太は、後で母がどんなに渋い顔をしても平気だった。

口うるさい母よりも、自分に甘い父が大好き。

沙也加の雅紀に対するブラコンぶりには何かと目くじらを立てる裕太のファザコンぶりも、実は負けず劣らずのものだった。

ついでに言えば。たまに裕太と尚人がとっくみあいの喧嘩《けんか》になっても、父はいつでも裕太の味方だった。

「尚人は裕太よりもお兄ちゃんなんだから……」

それが、口癖だった。

——が、尚人は別にそれを僻《ひが》んだりはしなかった。そんなときには必ず、雅紀が尚人の肩を持ってくれたからだ。

裕太の特等席が父の膝《ひざ》の上なら、尚人のそれは、雅紀の腕の中だった。

お父さんっ子の裕太と、お兄ちゃんっ子の尚人。誰が見ても、それは一目瞭然だった。

そういう意味では、篠宮《しのみや》家の父親と長兄の役割分担はちょうどバランスが取れていたのかもしれない。その一方で、兄弟の中では唯一の紅一点である沙也加の大人びた存在感が、妙に際立ってしまうほどに。

「なん……で？　どうして、おれたち……いらないの？」

「知らない。俺は父さんじゃないからな」

「だったら、雅紀にーちゃんがお父さんに聞いてよッ。なんで、おれたちがいらないのか、そのワケを、ちゃんと聞いてよッ！」

裕太にとってそれは、末っ子のワガママなどではなく、己の存在価値を見定めるための最優先事項だったのだろう。自分は父に『愛されている』のだと。

たとえ、兄弟の中の誰かが『いらない』のだとしても、それは絶対、自分ではない。あれほど可愛がってくれた父が、自分を見捨てるはずがない。裕太は、そう、信じたかったのかもしれない。

けれども——雅紀は。まるで容赦がなかった。

「俺たちが『いらない理由』なんか、俺は別に知りたいとも思わないし、聞きたくもない。どうしても知りたきゃ、裕太——おまえが、自分で、父さんに聞け」

それは。聞き分けのない弟を諭すというよりはむしろ、兄の、父に対する明確な拒絶ではなかったか。

これほどまでに厳しい兄の顔は、初めて見る。いつもはもっとずっと優しい兄の取り付く島もないほどの冷淡な口調に、尚人は胸がズクリと痛んだ。

だから——なのだろう。裕太はぎくしゃくと雅紀から目を逸《そ》らすと、半ば泣きそうな顔で沙也加を見やった。助けを請うような、切実な眼差しで。

そして。普段はきつい台詞《せりふ》を吐きまくる沙也加が何も言わずに、それどころか、逆にきつく唇を噛んで目線を落とすと。裕太は、返す目で、すがるように尚人を見た。

「ナ…オちゃん………」

いつもの裕太とは違う、まるで別人のように弱々しく、掠れた声。ショックと哀しさで綯《な》い交ぜになった双眸《そうぼう》は歪んで、潤んで、今にも涙に溶けてしまいそうだった。

だが、尚人は。歯列を割って滲《にじ》み出る苦汁を奥歯で噛み砕きながら、

「そんなの――俺だって、聞きたくないよ」

そんなふうにしか言えなかった。

雅紀が聞きたくないと言うのだから、しょうがない。大好きな兄の意向に逆らってまで、父の真意を問い質《ただ》す気にはなれない――のではない。

どこの世界に、『おまえはいらない子』と言われて喜ぶ子どもがいるだろう。

我が子を平気で捨てる親はいても、自ら親に捨てられることを望むような子どもはいない。誰一人として。

だからこそ、尚人は。父が、なぜ、

『家族よりも愛人を選んだのか』

その理由を知りたいとは思っても。どうして、父が、

『自分たちを見捨ててしまったのか』

その言い訳を聞きたいとは思わない。

――そういうことなのだ。

他人が聞けば、それは、ただの『ガキの屁理屈《へりくつ》』にしか聞こえないかもしれないが。尚人に

とっては、そのボーダーラインはどうしても譲れない一線だったのだ。

いらなくなった物は捨てて、欲しい物を手に入れる。

その行為の必然性も、その意味も、頭で理解することはできる。

だが。家族は、不必要な『モノ』ではない。

それゆえに、感情はヒステリックなまでにささくれるのだろう。

ましてや。父の口から直にそれを聞かされるのは——怖い。面と向かってそんなことを言われたら最後、二度と立ち上がれないような気がして。

そうして。それっきり、父のことは禁句になってしまった。別に、誰がそうしろと言ったわけではなかったが。

まるで。父の存在など初めからなかったかのように振る舞う、不自然なぎこちなさ。

逆に、そうすることで。残された家族の誰もが、半ば無意識の『絆』と新たなる『歯止め』を求めていたのかもしれない。

自分の欲のために家族を見捨てた父に対する意地と——憤り。

それは真の意味で家族の絆を見つめ直す反面教師となり、その愛憎と葛藤ゆえに、消すに消せない瘢痕《はんこん》となった。それぞれの胸の内で。

その日を境に、沙也加と裕太のバトル・トークはすっかり鳴りを潜めてしまった。

特に。裕太はめっきり口数も減り、それまでの快活なヤンチャぶりが煮詰まってしまったかのように荒れて、手がつけられなくなった。

いつもムッツリと不機嫌なオーラを垂れ流して、何の脈絡もなく、物や人に当たる。

我が身の不幸に比べて、何の悩みもなさそうな、ごくありきたりの他人の日常が妬《ねた》ましい――というよりはむしろ。身の内に抱え込んだモノを消化できずに、その苛立《いらだ》たしさだけがブスブスとくすぶっている。そんな感じだった。

そのとばっちりを食うと怖いから、誰もが遠巻きにビクビクと裕太を見る。それが気に障って、また――荒れる。その、どうしようもない悪循環。

父が家族を捨てて愛人の元へ去ったことで、女としてのプライドを滅多打ちにされたのは母だったが。ただ純粋に『愛されている』と信じ込んでいた分、一言の言葉もなく父に置いていかれたことで最も深く傷ついたのは、もしかしたら裕太だったのかもしれない。

そうやって、裕太が何かをしでかすたびに母は言葉少なに深々と頭を下げ、いっそうやつれていった。

「おまえだけが辛いんじゃないッ」

それを言うのは簡単だった。家族の誰もが、同じ痛みを胸に抱えていたのだから。

親の不倫問題がこじれて、子どもを捨てる。

世の中、そんな話はゴマンとある。

たぶん。そうなのだろう。

だが。今、このとき、

「世の中には、おまえよりも不幸な奴は腐るほどいる」

そんな正論を突きつけられても、心はますます軋むだけで、なんの解決にもならないのはわかりきっていた。

では。何を言えばよかったのか。

何を――すればよかったのか。

皆が皆、自分の感情さえ持て余していたのに……。

実際。その頃は、そんなことを考える気持ちの余裕もなかった。

なぜなら。尚人の目にもそれと知れるほど、家計が逼迫《ひっぱく》していたからだ。

女を作って家を出ていった父は、母に生活費を渡さなかった。そうなれば、残された家族の生活は破綻《はたん》する。それを承知でそんな暴挙に出たのだとすれば、もう、憎しみしか湧いてこない。

離婚届けに判を押せば、きちんと慰謝料を払う――などと。そこまでいけば、立派な確信犯であった。

いったい何が、父をそこまで冷血にさせてしまったのだろう。

周りの人間が羨《うらや》むほどの『おしどり夫婦』であったはずの父と母に、いったい、何が……。

だが、母は。決して、首を縦に振らなかった。

世帯主が父であろうと母であろうと、そんなことは書類上のことで、今更家族としての何が変わるわけでもない。

いっそ『篠宮』の名前を捨ててしまえば、何もかもがスッキリして、家族五人での新生活ももっとスムーズに行くのではないか。そんなふうに思わないこともなかったが、大人には大人の事情があり、母には母の譲れない思いがあったのだろう。

結局は、それが仇《あだ》になった。

専業主婦からいきなりの慣れないフル・タイムでの会社勤めで、母がすっかり体調を崩してしまったからだ。

自分ガ、シッカリシナケレバ……。

子ドモタチニハ、モウ、自分シカイナイノダカラ。

泣キ言ナンカ、言ッテル暇ハナイ。

そんなふうに自分を叱咤《しった》して、母は母なりに頑張っていたのだろうが。誰がどう見ても、溜まりに溜まったストレスが一気に爆発したとしか思えなかった。

いつも身綺麗にして笑顔を絶やさなかった母が、ここ数ヶ月で、見る影もなく一気にやつれてしまった。それは、知人の紹介でやっと見つかった母の就職口がダメになってしまったことよりも、もっと、ずっと哀しいことのように尚人には思えた。

どんなに強く願っても、ラッキー・チャンスはそんなに簡単には巡って来ないのに。一度疫病神に取り憑《つ》かれてしまうと、災厄は、まるで連鎖反応を起こすように続け様にやってくるものなのかもしれない。

人間、必要以上に頑張りすぎると、必ずどこかで破綻する。

そして。張り詰めていた気力までもが萎《な》えてしまうと、あとはもう、なし崩しだった。

肉体の疲弊は、やがて、精神をも冒す。

人間は、そうやって壊れていくのだと、尚人は知ってしまった。

――いや。愛し、信じきっていた夫に手酷い裏切り方をされた瞬間、すでに、母の中で何かが、プッツリ切れてしまったのかもしれない。

それが二重三重の心労によって心身ともに疲弊し、そのたびに少しずつ、母の世界は歪んでいったのだろう。

尚人たちが、それと気付かないうちに……。

そうでなければ、あんなことが起こるはずがない。

＊＊＊＊＊＊＊＊＊

朝の起床は午前五時。

尚人が高校生になって、この一年あまり。どんなに夜が遅くなっても、それだけは変わらなかった。

部活動はやっていなかったが。学期末ごとの長期の休みになっても、学校での課外授業はそれなりにみっちりスケジュールが組まれていたし。毎朝の目覚めは、すでに、体内時計にきっちりとインプットされてしまったのかもしれない。

それでも。

たまには今朝のように、アラームが鳴る前に目が覚めてしまうこともある。

しかし。二度寝して寝過ごしたことは一度もない。それを『習性』の一言で片付けてしまうには、過ぎ去った日々の代償はあまりにも重かったが。

尚人の一日は、まだ夜も明けきっていないキッチンに灯を点《つ》けることから始まる。

けれども。そこが、いくら寒々しいからといって、テレビをつけて時計代わりにしようとは思わなかった。双方向の会話ならばまだしも、朝から一方的なおしゃべりを垂れ流す気にはなれない。

しんしんと静まり返った沈黙が好きなのではない。単に、耳障りな雑音はうざったくて嫌い――なのだ。

どんなに生あくびを連発していても、自前のエプロンを付けると、とたんに『シャキッ』と気合いが入る。慣れとは、そういうものなのかもしれない。

尚人の場合、それに加えて。いつの頃からか心身の再生に向けての、たぶんに儀礼的なものも含まれるようになった。

夜寝て、朝起きる。『睡眠』という行為は心身が原始の闇に回帰することであり、そこで全ての穢《けが》れを祓《はら》って、目覚めとともに新しき『生』への再生が始まる。

別に、そんなことを頭から信じ込んでいるわけではなかった。『寝て、起きる』だけで身体に滲《し》みついた穢れが祓えるのなら、人間、何の悩みもなく、もっとずっと楽に生きられるだろう。

が――それでも。そういう考え方がバカバカしい暴論だとも思わなかった。

一時期。母の『死』を通して『生きる』ことの意味を切実に考えさせられたこともあり、一日の始まりにそれなりの意義を持たせることが生きていく上での支えになることも知った。

心身の再生。

言うだけなら簡単なその言葉も、現実の疵を癒す妙薬にはほど遠かったが……。

朝食は和食と決めている。

――といっても。せいぜいが味噌汁《みそしる》と、あと一品程度のものだ。

もっと簡単に、シリアルかパン食で済ませようという気にならないのは、どうせ弁当も作らなければならないからだ。だったら、食べ慣れた和食が良い――と思えるほどには充分、尚人も和食党だったりするのだろう。

『朝御飯は一日の活力の源』

食生活の刷り込みは、きっちり入っている。

そういう意味では、幼児期の頃から、どんなに忙しくても母は一切手を抜かなかったと言えるだろう。

淡々とネギを刻むリズムにも、卵を割る手つきにも、淀《よど》みはない。十七歳になったばかりの高校男児にしては過ぎるほどに。

母が逝《い》って、早三年が過ぎた。

故あって、今は姉の沙也加も篠宮の家を出てしまっている。

毎朝の日課とはいえ、主婦歴も五年目を迎えると、その合間の時間まできっちり計算して弁当もできあがるし、ついでに洗濯も終わる。実に、手慣れたものだった。

それでも。

ときおり、不意に。そんな自分に嫌気がさして、何もかもを放り投げてしまいたくなるときがある。

ナゼ、自分ダケガ……。

ドウシテ、コンナ貧乏クジヲ引イテシマッタノカ。

そういうネガティブな感情のエア・ポケットに、すっぽり落ち込んでしまう瞬間がある。

しかし。そんな自分が、尚人は嫌いではなかった。今更、自分にまでイイ子ぶってもしょうがないと思うからだ。

それに。本当は、よくわかっているのだ。『自分だけ』が『貧乏クジ』なのではないことくらい。

結局。気を張ってばかりいては疲れる——そういうことなのだろう。

だから、そういうときには、

(あー……。けっこう、キてるなぁ)

素直にそう思うようにしている。

人間、頑張りすぎると『どこか』が——『何か』が、壊れてしまう。それがただの言葉の綾ではないことを、尚人はよく知っていた。

その一方で。尚人が全てを放り出してしまったら、この家は、すぐにでも荒《すさ》んでしまうに違いないこともわかりきっていた。

本音を言えば。それが怖くてこの五年間、尚人はやめられずにいるのだった。ごくありふれた日常など、この家からはすでに消え失せてしまったというのに……。

ささやかな日々の幸せも。

家族揃っての団らんも。

——笑い声も。

今は……ない。

だが。それで、この『家』さえも失ってしまったら、本当に、何もなくなってしまう。

過去も。

未来も。

幸せだった頃の思い出も……。

そうすれば、ただ辛くて悲しいだけの記憶しか残らない。

そんなのは——嫌だった。

目に見える『拠《よ》り所《どころ》』がある限り、まだ、頑張れる。

時間は元に戻らなくても。

失ってしまったものは取り戻せなくても。

明日になれば、もしかしたら、何かが少しだけ変わっていくかもしれない。

だから、尚人は、投げ出さずにいられるのだ。今は、まだ。

（……大丈夫）

あの頃、誰かにそう言ってほしかった言葉も、今は、ちゃんと自分に言ってやれる。

大丈夫。

信じているものが、たったひとつでもあれば。

そうしている間に、味噌汁の匂いがキッチンを満たし。弁当のおかずが次々とテーブルに並んでいく。

――が。

いつまで経っても、階下へ降りてくる足音は聞こえてこない。

それも、毎朝のことであった。

そんな寒々しさにもとうに慣れてしまった尚人は、今日も、

「いただきます」

小さくつぶやいて、孤独な朝食を摂《と》る。ただ、黙々と。

それは、食欲を満たして満足するというよりはむしろ、規則正しい食生活を心がけなければ

ならないという、半ば無自覚の義務感のようにも見える。事実、孤食の寂しさも味気なさも鈍化し、すでに尚人の中では麻痺《まひ》していたのだった。

そして。食べ終わった後の茶碗もきれいに洗い、洗顔も済ませてしまうと。テーブルの上に並んだ二人分の弁当箱のうちの一つを持って、尚人は登校の準備のために再び自室へと上がっていった。

＊＊＊＊＊＊＊＊＊

ただ淡々と、何の淀《よど》みもなく繰り返される朝の日課。

尚人《なおと》の手慣れた手際の良さは、反面、ともすればマニュアル化された朝の光景を再現し続けているかのような異質感さえ抱かせる。

灯の消えたキッチンのテーブルには、残された弁当箱がひとつ。それは、尚人が裕太《ゆうた》のために作った朝食兼昼食であった。

電気ポットの中のお湯は満タンで。ナベの中の味噌汁《みそしる》は、そのまま温めればいいようになっている。それも、毎日のことであった。

尚人が朝の和食と弁当にこだわるのは、尚人が和食党であり、毎日学食だと金がかかるという経済的な理由ももちろんあるが。その理由の半分は、裕太にあった。

父の不倫騒動の果ての家庭崩壊で、荒れに荒れまくった小学生のときとは違い。中学生になると、裕太も一見、それなりに落ち着きを取り戻したかのように見えた。

環境の変化が良い意味での刺激になる。

自分がそうであったように、頑《かたく》なな殻を脱ぎ捨てて裕太もようやく、周囲に目を向けはじめたのだろう——と、尚人は思った。

同じ中学の一年と三年。

だったら、ここからまた新しく始めればいい。やり直すには、まだ遅すぎるということはない。そう、思っていた。

しかし。現実はそれほど甘くはなかった。

自暴自棄とも思える裕太の荒れようが収まり、ホッとしたのも束の間。今度は、不登校の引きこもり状態になってしまったのだ。

極から極へ。そのあまりの極端さに目眩《めまい》すら覚えて、尚人はもはや、ため息も出なかった。

裕太が何を考えているのか——わからない。

いや。裕太のことを理解しようという気力すら湧かなかった。

……と、いうべきか。

そんな雰囲気を察してか。裕太は自室に閉じ込もったまま、露骨に尚人たちを無視するようになった。

まぁ、それは今更……ではあったのだが。放っておくと面倒くさがって、ロクに食事もしないのだ。

今までは、抑えきれない怒りやその衝動の全てが外に向かっていたが。吐き出すだけ吐き出してしまったら、今度は空っぽになってしまったその虚しさに気付いて、プッツリ、何かが切れてしまったのかもしれない。

まさか、食欲という本能までもがショートしてしまうとは、さすがに、尚人も予想がつかなかったのだが。

一度、それで裕太が倒れて、病院に担ぎ込まれて以来。尚人は自分の無関心ぶりを猛省し、朝は必ず、裕太の分の弁当を作って登校するようになった。もちろん、尚人自身は中学の学校給食があるので弁当など必要ではなかったが。

尚人が、まるで『毎朝が遠足』ばりにせっせと弁当を作り、ポットも添えて朝の登校前には必ず裕太に一声かけ、それらを部屋のドアの前に置いて行くのを見て、雅紀《まさき》は、

「そこまで甘やかす必要はない」

そう言ったが。尚人は心配だった。たび重なる心労で疲労困憊《こんぱい》し、やつれて衰弱していった

母の姿が瞼《まぶた》にチラついて、どうしようもなかった。

もう、イヤなのだ。あんなことは……。

誰も、母のようにはなってほしくなかった。

だが。そんな尚人の気遣いも、裕太には鬱陶《うっとう》しいだけのお節介に思えるのか。せっかく作った弁当も手付かずのまま放置され続けた。

それでも。さすがに病院に担ぎ込まれるのだけはマズイと思っているのか、カップ麺《めん》やパンを食べているようだった。

とりあえず、腹の足しになればそれでいい。そんな感じだった。

自分で作って食べようという気もなければ。そんなものばかり食べていると栄養が偏ってしまうことなど、裕太は眼中にもないらしい。

尚人の作ったものは食べなくても、カップ麺は食べる。

そんなものだから、菓子類の買い置きはしなかったが、篠宮《しのみや》家からインスタント食品が切れることはなかった。

雅紀はそれを知ってはいても、尚人にとってみれば、まさに、痛し痒《かゆ》しのジレンマではあったが。

末っ子もそうだが、次男も負けず劣らず強情なのはよく知っていた。

むしろ。我慢強いのは尚人の方だ。このまま根競べになれば、先に投げ出すのは裕太の方だろうとも雅紀は思っていた。

長兄としての『釘』は、ちゃんと刺しておいた。

その選択権はすでに、裕太に預けてある。それでいいと思った。

疵《きず》を舐《な》め合うだけが家族の絆《きずな》ではない。いいかげん、裕太も自分の足で歩き出してもいい頃だ——と。

しかし。

その日。

尚人が学校から帰ってくると。弁当の中身は無惨にも、尚人の部屋の前にブチ撒《ま》けられていた。

『よけいなことすんな。いいかげん、うざったいんだよッ』

という意思表示なのか。それとも、

『こんなマズイもん、食えるかッ』

——なのか。

それでもメゲずに弁当を作っては、また、投げ捨てられる。その繰り返しだった。

ところが。

ある日。

派手にブチ撒けられた弁当を、いつものように黙々と片付けているところを、珍しくも早めに帰宅した雅紀に見つかってしまった。

そのときの尚人の心境と言えば。バツが悪い——どころではなかった。

もしかしなくても、

(めちゃくちゃヤバイ……よな)

そう思えるくらいには充分、尚人の顔も身体も強ばりついていた。

「ナオ——何をやってるんだ?」

雅紀に見据えられて、尚人はとっさに言葉に詰まった。

床にこびりついてパリパリになった飯粒。

そこら中に散乱した、おかずの数々。

見れば、一目瞭然だろうに。雅紀はあえて、そう問うてきた。下手《へた》な言い訳など許さない、強い目で。

誰をも虜《とりこ》にする雅紀の金茶の瞳は、いつもよりずっと蒼《あお》みがかっていた。

尚人は知っている。表情が動かない分、双眸《そうぼう》だけが何かを圧《お》し殺したように底光りしているときの雅紀は、かなり——本気である。

「いつ、からだ?」

まるで、ヘビに睨《にら》まれたカエルのように金縛ったまま、尚人はコクリと息を呑《の》む。

「今日が初めてじゃ、ないんだろ？」

尚人がギュッと唇を噛《か》み締めると、雅紀は、これ見よがしのため息を洩《も》らして癖のある長髪を掻《か》き上げた。

そんな何気ないしぐさひとつにも、男の色香が匂う。

その際立った容姿ゆえに、高校在学中からモデルにスカウトされた雅紀だったが。最近では、その男振りにもますます磨きがかかってきたように思うのは、決して身内の欲目ばかりではないだろう。

剣道に没頭していた頃の雅紀は、派手な美貌《びぼう》よりもまだストイックさの方が勝っていたが。高校卒業と同時に髪を伸ばしはじめたこともあってか、制服を脱ぎ捨てた雅紀は、一切の封印が解かれたように艶色までもが一気に開花したという感じだった。

もっとも。兄の男振りが増すと同時に、長兄としての威厳もまた揺るぎないものになったのも事実で。実質、雅紀が弟たちの親代わりも同然な現在、尚人にとっては、唯一絶対の存在といっても過言ではなかった。

ことさらゆったりとした足取りで、雅紀が裕太の部屋の前に立ち、ドアをノックする。

「裕太。俺だ。開けろ」

返事は――ない。

「開けないと、蹴破《けやぶ》るぞ」

淡々とした口調の割りには物騒な台詞《せりふ》を吐いて、雅紀が待つ。

それが単なる言葉の綾ではないことを、尚人は知っている。たぶん、裕太も。

父が家を出ていき、在学中から母の代わりに一家を支えてきた雅紀は。以前のように、礼儀正しく、穏やかで優しいだけの兄ではなくなった。

世間の冷たさ。

大人のズルさ。

家庭環境の激変を横目に冷ややかに去っていった友もいれば、さりげなく支えてくれる友人のありがたさを思い。

ときには、理不尽な嫌がらせに屈辱を噛み締め。

そして。よくも悪くも、誰に恨まれても、思ったことはきちんと言葉にして実践しなければ自分の大切なものは何も守れないのだと、雅紀は知った。

そんなふうに。ここ数年で、兄妹弟を取り巻く環境は激変した。

長兄として、否応なくその矢面に立たされた雅紀もまた、ある意味、順良な好青年ではいられなくなったということだった。

「同じことを二度言わせるバカは嫌い」

「自己主張を履き違えてる奴は、サイアク。耳が腐るから口もききたくない」

などと。まるで別人のように、歯に衣を着せなくなった。

しかも。言うだけなら誰にでもできるが、それをきっちり実践しているところが雅紀の真骨頂でもあった。

だから、なのだろう。尚人がいくら呼びかけても開かなかった天の岩戸が、しばらく待って、わずかに細く開いた。

その隙間《すきま》から片目だけを覗《のぞ》かせて、

『何の用だ?』

とばかりに、裕太が睨む。

——とたん。

雅紀は力ずくでドアを全開にすると、ギョッと身を竦《すく》めた裕太の胸倉を鷲掴《わしづか》みにして外へ引《ひ》き摺《ず》り出した。

中学三年のときにはすでに一八〇センチだった雅紀は、二十歳の今では一九〇センチに近い。

しかも剣道で鍛えられた身体はしなやかだが強靭《きょうじん》で、今は会員制のスポーツクラブに通い、週に三回は必ずプールでみっちり泳ぎ込んでいる。

それに比べれば。ようやく中学生になったばかりの、しかも、栄養失調寸前で病院に担ぎ込まれた裕太など、端《はな》から問題外であった。

片手一本で軽々と、裕太が引き摺られる。

「なんだよッ。離せよッ！」

わめく姿は、まるで、ベンガル虎に爪を立てる野良猫だ。喧嘩《けんか》にも何も、なりはしない。

「ナオ。そこ、どけ」

そう言うなり、雅紀は。

「離せってばッ！」

わめき続ける裕太を突き飛ばし。あっさり腰から砕けた裕太の髪を摑んでひっくり返すと、

ガツンッ――と音がするほど容赦なく頭を床に押しつけた。

「――ってぇッ……」

おもうさま側頭部を強打して、裕太が呻《うめ》く。その、鼻先にツンと抜けるような痛みをこらえて裕太が憤然と雅紀を睨み上げた――そのとき。

「食いモンを粗末にするな」

腹の底まで冷たく痺《しび》れるような声で、雅紀が言った。

裕太が、いや……尚人までもが冷水を浴びせかけられたように、一瞬、凍りつく。

初めて聴く。兄の、そんな声は……。

そして、雅紀は。床に散乱したままのカラ揚げを摑んで、有無を言わせず裕太の口の中に押し込んだ。

まさか、雅紀がそんな暴挙に出るとは思わなかった尚人は、思わず目を瞠《みは》る。

それは裕太も同様で。一瞬、何が起きたのかわからない——とでも言いたげに呆然《ぼうぜん》と双眸を見開いた裕太だったが。ハッと我に返った瞬間、猛然とした勢いで口の中の物を吐き出そうとした。

——が。

「ナオが、おまえのために作った弁当だ。ちゃんと、食え」

雅紀は、吐き出そうとするその口をもう一方の手で塞《ふさ》ぎ、

「——んッ……ん、んぅぅ——ッ」

手足をバタつかせて暴れまくる裕太を力任せにねじ伏せた。

その、あまりの手荒さに顔を強ばらせた尚人が、思わず、

「まーちゃんッ、やめてよッ!」

今では口にしなくなった愛称で雅紀を呼んで、その腕にむしゃぶりつく。

一瞬、雅紀はわずかに眉《まゆ》をひそめたが。それでも、その手を緩めるようなことはなかった。

それどころか。

「まーちゃんッ！」

逆に、ほんの目と鼻の先で、

『おまえは黙ってろ』

――とばかりに睨み返されて、肝が冷えた。暗に、

『おまえが甘やかすからだ』

そう、責められているような気がして。ぎくしゃくと手を離しざま、尚人は所在なげにその場で項垂《うなだ》れた。

裕太が苦しがって、もがいても。

どんなに、嫌がっても。

屈辱と嫌悪で、滂沱《ぼうだ》の涙にくれても。

口にネジ込んだカラ揚げを咀嚼《そしゃく》して飲み込むまで、雅紀は裕太を許さなかった。

「うまかったか？」

そんなことがあるはずはないのに、わかりきったことを平然と雅紀が問う。

「うまかっただろ？　ナオの愛情がこもってるからな。裕太――うまかったよな？」

ことさら静かな口調で、裕太の目を見据える。

ほんの間近で、絡み合う視線。そこに、裕太は何を見たのか。

その瞬間。

涙と鼻水でぐしゃぐしゃになった顔を歪《ゆが》め、裕太は、ヒクリと唇を痙《ひきつ》らせると。両腕をクロスして顔を覆い、声を咬《か》んで泣きじゃくった。まるでキリキリに張り詰めていたモノが、プッツリ切れてしまったかのように。

そうすると。いつもよりずっと、裕太が幼く見えた。思わず、尚人の胸の奥がツキンと痛くなるほどに。

声もなくしゃくり上げる裕太の、震える唇が。

——指が。

小刻みに上下する、胸が。

——痛々しくてならなかった。

できることなら。いつも雅紀が自分にしてくれたみたいに、

「もう、泣かなくていいから」

手を伸ばして、柔らかな癖っ毛をすき上げてやりたかった。

哀しいときには、誰かの手の温もりが欲しくなる。それは、きっと、裕太も同じだと尚人は思った。

しかし。誰よりもそれをよく知っているはずの雅紀は、裕太を泣かすだけ泣かせておいて、何のフォローもしてやらない。

なぜ……？

それとも。そんなふうに思う自分が甘いだけなのだろうかと、尚人は唇を噛み締める。

すると。雅紀は、その場であぐらをかいてドッカリ座り込むと、

「この間、おまえが病院に担ぎ込まれたとき、俺がなんて言ったか……。覚えてるか、裕太」

突然、そんなふうに言った。

尚人は覚えている。はっきりと。

あのとき――雅紀は、

「メシも食わない。学校も行かない。それはそれで、おまえの勝手だけどな。いいかげん、おまえのワガママに振り回されるのも疲れた。だから、裕太。今度ブッ倒れて病院に担ぎ込まれたら、おまえ……もう篠宮の家に帰ってこなくていい。堂森《どうもり》のジーさんとこに行け。話は、つけといてやる。ただフテ腐れて部屋に閉じ込もってるだけなら、別に、どこでも同じだろ？」

そう、言ったのだ。声を荒げるでなく、淡々と……。

けれども、尚人は。激昂して怒鳴り散らされるより、その方が何十倍も怖いことのように思えた。

「堂森がイヤなら、加門《かもん》の家でもいい。なんなら、あの人のところでもいいぞ。一応、紙切れの上じゃあ、まだ、あの人がおまえの保護者だしな。どこでもいい、おまえの好きにしろ」

家族を捨てた父を『あの人』と呼ぶ、その口調の冷たさ。端正な美貌が表情を無くすと、それだけで凄味《すごみ》のある冷徹さが漂う。

そのとき、尚人は。ただ漠然とだが、雅紀にそんな目で見られたら、きっと、自分は死にたくなるだろうな——と思った。

兄の信頼を失うことほど、怖いものはない。

父が家を出ていったとき。

母が倒れたとき。

その後も、これでもか……というほどに辛いことが立て続けに起こっても頭がパニックにならなかったのは、雅紀がいたからだ。

今も、兄が傍《そば》にいてくれるから、裕太がこんな有り様でも、尚人は自分を見失わずにいられるのだ。

同時に。

「帰ってこなくてもいい」

——と。冷たく言い放つそれが、決して、雅紀の本心ではないだろうことも、充分すぎるほどによくわかっていた。

　父が出ていって以来。それにまつわる全てのことに怒りと憎しみを抑えきれずに荒れる裕太は、誰が何を言っても耳を貸さず。誠心誠意、どんなに言葉を尽くしても、それを額面通りには受け取らずにヒネまくる。

　だから、きっと。雅紀は、いっそ突き放したような物言いをして、自ら憎まれ役を買って出たのだろう――と。

　誰かを恨んで、憎んで。そうでもしなければ、生きる気力も湧かない。それは、とても悲しいことだったが。

　案の定、裕太は。気丈に雅紀を睨み返して、

「雅紀にーちゃんの、バカーッ！　おれは……おれは、出ていかないからなぁぁッ！」

　枕を投げつけたのだった。

　そして、今度は。枕の代わりに弁当をブチ撒けた。その八つ当たりの矛先が、雅紀から尚人にすり替わっただけのことだ。

　それならそれで、尚人はかまわなかった。八つ当たりでもなんでもいい。それでちゃんと、裕太が自分たちを見てくれるのなら。

　やっていることはまるっきり極端な『お子様』同然だが、それだけに依然として、問題の根

は深いということなのだろう。

「堂森のジーさんが、マジでおまえを欲しがってる。環境が変われば、おまえの気持ちも、今よりはずっと楽になるんじゃないかって、な。これから先はナオも高校受験だし、俺も、仕事でけっこう家を空けることが多くなる。おまえのことばっかり、かまっていられないんだよ、裕太。この先々のことも考えると、それが一番いいんじゃないかって……。ジーさんが、そう言ってる。俺も、そう思う」

それは。尚人にとっても、まったく寝耳に水の話でもなかった。

母がまだ存命のときから、双方の実家からは何度もそういう話が出ていたのだ。

母一人で四人の子どもを育てていくのは大変だろうから、と。そのたびにきっぱりと、母が撥《は》ねつけていただけのことで。

困ったときに誰かの手を借りることは、決して恥ずかしいことではない。

けれども。理性では割り切ったつもりでも、いざとなったら、感情はまた別モノだったりするのだろう。

堂森市に住む篠宮の祖父は、父の実父である。前々から、祖父母は特に末っ子の裕太を可愛がっており、裕太も、夏休みになると真っ先に堂森の実家へ泊まりに行くほど懐いていた。それも、父が家を出ていってからは途絶えてしまったが。

四人のうちの誰かを引き取る。

もちろん、それは、両家の祖父母の純粋なる好意と愛情によるものだろう。

その話が出るたびに、必ずといっていいほど『裕太』の名前が取り沙汰されるのも、よくわかる。ヤンチャだが人懐っこい末っ子は誰からも愛される存在だったたし、裕太に比べれば、あとの三人はそれなりに『大人』で手がかからない。

当然のことながら、高校生である雅紀は母の支えになってもらわなければならない。母が仕事に出るようになれば、中学生の沙也加《さやか》にはそれなりの家事をやってもらわなければならないであろうし。尚人は、小学校の卒業まで一年もなかった。

その中で、一番身軽だったのが裕太——だったのだ。

その裕太が荒れて手が付けられなくなってからは、このまま篠宮の家に置いておくよりも、新しい環境で育てたほうが良いのではないかと、彼らは彼らなりに孫の将来を思いやっていたのだろう。

父の手酷い仕打ちもあって、母が存命のうちは、さすがに控え目であった堂森の祖父も、母が逝《い》ってからは遠慮がなくなってしまったのか。特に、沙也加が加門の家へ身を寄せていると知ってからは、再三、雅紀に申し入れていたらしい。

「どうする？」

後はおまえの気持ち次第だと、雅紀は言うのだ。

ここまで来ると、もう、

『家族は一緒にいて、家族なのよ』

――という母の呪縛《じゅばく》から解き放たれてもいいのではないか、と。

それでも尚人は、あえて、

「雅紀兄さん……本気？」

そう問わずにはいられなかった。

沙也加がいる加門へ裕太を行かせるのも不安は残るが、本当に堂森の祖父母に任せても大丈夫なのかと。

この家を出ていってから、父が、実家の祖父母とも絶縁状態になっているらしいことは尚人も知っている。しかし、万が一、父と裕太が鉢合わせでもしてしまったら……という懸念を捨てることができなかった。

いや。

それよりも、何より。

痩《や》せてやつれて、果ては精神までも病んで母が逝き。

沙也加が加門の家へ去り。

その上、裕太までもがこの家を出ていくことにでもなってしまったら……あまりにも淋《さび》しすぎる。

だから、つい、

「俺——イヤだよ。そんなの……ヤだからね」

口に出してしまう。これ以上、兄弟が欠けるのは嫌なのだと。

だが。

「おまえに聞いてるんじゃないよ、ナオ。俺は、裕太に聞いているんだ」

雅紀はピシャリと言い放った。

「スネて、荒れまくって、バカやって……。この三年間、考える時間だけはたっぷりあったよな？　そうだろ？　これから先、自分が何を、どうしたいのか。いいかげん、きっちりケジメを付けろ、裕太。ガキだからって、いつまでも甘えてんじゃないよ。おまえの人生の肩代わりなんか、誰もしちゃくれないんだぜ」

静かな口調で、辛辣《しんらつ》に。

すると、

「雅紀にーちゃんは……この家から、おれを……追い出し…たいんだ」

涙に掠《かす》れて妙にくぐもった声で、裕太が言った。重く、固い唇をこじ開け、

「おね……ちゃ…ん、みたいに——おれを、追い出す……ん、だ」

喉《のど》に絡んだ嗚咽《おえつ》とともに、吐き捨てた。

(沙也姉を——追い出す?)

誰が……?

——雅紀が?

「な、に……言ってんだよ、裕太。雅紀兄さんが沙也姉を追い出すなんて……。そんなこと、ないよ。沙也姉は………」

自分から、この家を出ていったのだ——と言いかけて、

「雅紀にーちゃんは、ナオちゃんしか……好きじゃないんだッ」

思いもかけないその言葉に、遮《さえぎ》られる。

「ナオ…ちゃんがいれば、おね…ちゃんも、おれも——いらないんだッ。だから、お姉ちゃんみたいに、おれのことも捨てるんだッ!」

瞬間。尚人は、おもうさま横っ面を撲《なぐ》られたような気がして絶句した。

まさか、沙也加絡みで裕太がそんなことを思っていたなんて……考えもしなかったのだ。

雅紀ハ、沙也加ヲ追イ出シタリシナイ。

尚人は知っている。そのことを。

雅紀ハ誰モ、見捨テタリ——シナイ。

(だって、俺は……知ってる)

雅紀が自分たちのために、どれほどの犠牲を払ってきたのかを。

雅紀が沙也加を捨てたのではない。

沙也加が、雅紀を——いや、自分たちを拒絶したのだ。

二年前の——あのとき。

父と同じように……。

いや。父よりももっとひどい言葉を投げつけて、沙也加はこの家から逃げ出したのだ。

尚人は知っている。……そのことを。

忘れたくても忘れられないのだ。その日のことは……。

だから、いまだに夢に見る。

母が逝き、沙也加がこの家を去っても……。あの言葉が耳にこびりついて離れない。

けれども。血を吐くような裕太の叫びにも、雅紀は、眉ひとつひそめはしなかった。

「俺は沙也加を見捨てたりしないよ。沙也加が自分の意志で出ていったんだ、この家から」

ただ、淡々と語るだけ。

しかし。

その口調があまりにも静かすぎて。

それを語る雅紀の眼差しが遠すぎて……。

尚人は、なぜか、次第に脇腹のあたりが痙《ひきつ》れていくような痛みを覚え、雅紀から目を逸《そ》らすことができなくなった。

「だったらッ……。なんで、お姉ちゃんは出て行っちゃったんだよッ?」

溜《た》め込んだ胸のつかえをおもうさま吐露してしまったことで、もう何も怖いモノはなくなってしまったのか、雅紀を睨み据えた裕太の視線は揺るがない。

「受験が終わったら、帰ってくるって……そう言ってたじゃないかよッ。なのに……なんで、帰って来ないいんだよッ!」

(ゆ…うた……ヤメろ)

自分が糾弾《きゅうだん》されているわけでもないのに、尚人の鼓動は一気に逸《はや》る。

裕太の言葉が孕《はら》むトゲが何を刺激し、どこを揺さぶるのか……。それを、知っていたからである。

だから、

(まー…ちゃん――ヤメて)

尚人は切に願う。雅紀が何事もなくやり過ごしてくれることを。

だが。

「それは――沙也加が俺のことを嫌いになったからだ」

雅紀のトーンは微塵《みじん》も揺らがなかった。

――瞬間。

裕太は、ムッと声を呑んだ。沙也加の、誰を憚《はばか》ることのない超ブラコンぶりを逆手に取って、雅紀にからかわれた――と、思ったからだ。

自分はタメを張るつもりで本当のことを言ったのに、雅紀には相変わらず『お子様』扱いされているのだと思うと、無性に腹が立った。

一方、尚人は。不気味なほどに穏やかすぎる雅紀の声音の低さに、背筋まで冷たく痺れるような気がした。

雅紀はいったい、何を言い出すつもりなのか――と。

「だから、なんでだよッ？」

「俺が――」

「まーちゃん、ヤメてよッ！」

ツプツプと肌を粟立《あわだ》たせて、尚人は叫ぶ。そのまま、雅紀の口を塞いでしまいたくて。

――と。

なぜか。

雅紀は、口の端だけでうっそりと笑った。

「いいじゃないか、ナオ。裕太にだって、知る権利はあるだろ?　沙也加がどうして、この家を出ていったのか……」

尚人は――絶句する。

そうして。

「その上で、どうするか……。いいかげん、自分で決めさせろよ。裕太だって、もうガキじゃないんだし」

このとき、初めて、

「いつまでも蚊帳《かや》の外じゃあ、裕太だって納得できないだろ?　それに……その方が何もかも片付いて、いっそスッキリするんじゃないか?」

――気付いた。

「沙也加がこの家を出ていったのはなぁ、裕太。俺と母さんがセックスしてるのを見てしまったからだよ」

いつのまにか、雅紀も壊れてしまっていることに。

＊＊＊＊＊＊＊＊＊

「さわらないでッ」

「キタナ…イッ！」

「いやぁぁぁ——ッ」

「きた……な…い……」

「お母さんも、お兄ちゃんも——汚いッ！」

「キライ……」

「お兄ちゃんなんか、大っ嫌いッ！」

「いや…よぉぉッ」

「……キライッ……」

「お…か、あ………さん………なんか————」

「お母さん……なんかッ………」

「死んじゃえばいいのよぉぉ——ッ！」

＊＊＊＊＊＊＊＊＊

深夜。

リビングのソファーに身体を投げ出して兄の雅紀が煙草《たばこ》を吸っているのを見たのは——尚人が中学一年の夏だった。

どこか、疲れたような暗い顔……。

兄の相談相手にもなれない自分がもどかしくて、情けなかった。

尚人がそれに気付いたのは、その年の……秋。

夜の夜中。

体調を崩してすっかり塞ぎ込んでしまった母の部屋から足音を忍ばせるように出てくる雅紀の、薄明かりに浮かび上がる、思い詰めたような厳しい顔。

雅紀と、母。

そのことの真意と衝撃の真実を尚人が知ったのは、世の中が、そろそろクリスマス一色に染まりはじめる頃だった。

＊＊＊＊＊＊＊＊＊

父が家を出て一年が過ぎても、いまだにゴタゴタと、何かと問題を抱えた篠宮家の家庭事情は最悪だった。

——が。最悪は最悪なりの落ち着きを見せはじめてもいた。

いずれにしろ今が最悪なのだから、それ以上には悪くなりようがない。そう思えば、また、違った道も見えてくる。

人は、それを『開き直り』と呼ぶのかもしれないが。ただ、物事の視点を変えてみるだけでも、気持ち的にはずいぶん違ってくるものなのだと尚人は思った。

もっとも。

尚人の場合。今年の春から中学生になり、自分を取り巻く環境の変化が良い意味でのプラスになったということで、これから本格的な受験シーズンを迎える沙也加もそうであるとは限らなかったが。

年齢の割りにはしっかりしているようで、沙也加もまた、多感な女子中学生だった。

一時期、見かけ以上に精神的なダメージがそのままテストの席次に影響したこともあって、成績も急落して周囲を心配させたが。さすが……というべきか、それも、どうやら持ち直してきた。

それでも。やはり、進路の変更は余儀なくされてしまった。

英語の得意な沙也加は、できれば、留学システムの整った特進コースのある私立高に進学したかったのだが。経済的には、とてもそんな余裕などなく。結局、公立一本に志望を切り替えてしまった。

沙也加の実力であれば、きっと推薦で大丈夫。そう、尚人は思っていたが。

内申書重視と言われる公立高の推薦には学力だけではなく、それなりの付加価値が必須条件であり、部活動すら満足にこなせなかった家庭事情を考え合わせれば、それもまず無理だろう——と。そこらへんは沙也加もシビアに受けとめていた。

そんな沙也加の負担を少しでも軽くし、受験勉強に専念してもらいたい——と。尚人は夏休み明けから、今まで沙也加と分担してきた家事を全て引き受けることにしたのだった。

家事は家事、受験は受験。

きっちり両立させるつもりでいた沙也加は。それでは、あまりにムシが良すぎるとでも思ったのか。初めは、なかなか首を縦には振らなかった。

——が、

「順番だと思えばいいんじゃない？　俺のときは、沙也姉に全部任せて楽させてもらうし」

尚人がそれを言うと、素直に折れた。

「ありがと、尚。あたし……頑張るから」

一方、裕太は。進級して五年生になっても、相変わらず荒れていた。

唯一の救いと言えば。同じ悪ガキでも、裕太は群れて悪さをするタイプでも、陰湿なイジメをするわけでもなかったというだけのことで。誰もが恐々と避けて通る、学校の『異端児』であることに変わりはなかった。

去年までは『尚人』という重石があったが、今年からはそれもない。

案の定……と言うべきか。その年の夏には、ついに、深夜の繁華街をウロついているところを補導されてしまった。

そのとき、母の代わりに引き取りに出向いた雅紀に悪態を吐いて、おもうさま殴られて帰ってきた。

さすがの裕太も、普段は、いたって温厚な雅紀に手加減なく平手打ちにされたのはショックだったらしく、帰ってくるなり自室に閉じ込もってしまった。それも、今更——ではあるのだが。

そして、雅紀は。ある時期を境にして、うっそりと重いため息を洩らすようになった。

それを心配して尚人が声をかけても妙に上の空で、その言動はいつもの雅紀らしくなく、どこかしら投げやりですらあった。

深夜。灯を絞ったリビングで、疲れきったような暗い顔で煙草を吸っている雅紀を見かけたのも一度や二度ではない。

ショック——だった。

品行方正な自慢の兄が、妙にサマになる手つきで煙草を吸っていたから……ではない。尚人たちの前ではいつも泰然としている雅紀の、真実の素顔を垣間《かいま》見たような気がしたからだ。

今まで見たこともないような雅紀の暗い顔が、目に焼き付いて離れなかった。

そのたびに、声をかけようか、どうしようか……と迷い。結局、見てはいけない光景を見てしまったような気まずさに、そっと足音を忍ばせて自室に戻る尚人だった。

当時。雅紀は逼迫《ひっぱく》した家計を支えるために、いくつかアルバイトを掛け持ちしていた。

それでも、やはり家計は苦しく。雅紀自身は、高校を中退して、もっと高収入の仕事に就こうと思っていたのだが。それは、

「一時の思いつきだけで、人生棒に振ってどうすんだよ？　なぁ、考え直せよ。後でいくら後悔したって、遅いんだぜ？」

「そうだよ。あと、もうちょっとだ。俺たちにできることがあれば何でも協力するからさ。一緒に卒業しよう。な？」

「なんやかや言ったって、世の中は学歴社会だ。今時、最低でも高校くらいは卒業しておかないと、この先、社会に出ても厳しいぞ？」

「君が家族のために、そこまで犠牲になることはないんだ、雅紀君。微々たるものだが、私たちにもできることはある。もっと、頼ってくれてもいいんだよ」

「そんなことをしたら、自分のせいであなたの将来を潰《つぶ》したと、お母さんはきっと自分を責めるわ」

周囲の猛反対と強い説得で、どうにか思い止まったのだった。

当然のことながら、部活どころではなく。主だった剣道の大会では順当に勝ち上がって、毎回白熱した試合になるので、東の『大津《おおつ》』、西の『瀧芙《そうぶ》』と呼ばれるほどの伝統校の中でも、その将来を誰よりも期待されていた『瀧芙高校の篠宮』の名前は、一切、表舞台からは姿を消してしまったのだった。

同情と憐憫《れんびん》、更には理不尽な偏見で凝り固まった周囲の『目』を意識しなかったと言えば嘘になるが。それはそれで、しょうがない——と。雅紀はけっこうドライに割り切っていた。

家族のために『犠牲』になるのか。

それとも。

家族を活かすための『支え』になるのか。

それは考え方の違いであって、数ある選択肢の中のひとつでしかない。

雅紀は、彼らが思っているほどに、悲壮《ひそう》な覚悟で『不幸のドン底』を這《は》いずり回っていたわけではなかった。少なくとも、精神的におかしくなりはじめた母と禁忌《きんき》を犯すまでは……。

とにかく。高校を無事に卒業できればそれでいいと思っていたので、周囲の見る目はどうであれ、出席日数と赤点さえクリアすれば『ＯＫ』という高校生活であった。

だから、尚人は。内心、気が気ではなかったのだ。母に続いて、この上、兄までも身体を壊してしまうのではないかと。

同時に。家事以外、何の役にも立たない自分が、もどかしくてたまらなかった。

世間的には小人料金ではなくなってしまっても、社会通念としての中学生は、まだ小児科に回される『子ども』なのだ。

未成年の、保護されるべき——子ども。

それゆえに、自分の意志よりも大人の論理が優先される。これで雅紀のアルバイト収入がなければ、きっと、母が倒れた時点で兄弟はバラバラに引き離されていただろう。

それを口にすると、雅紀はクスリと笑い、

「お子様でいいじゃないか。いつかは皆、嫌でも大人になるんだ。無理に背伸びしたって、ロクなことないぞ。それに、そんなに早く大人になられちゃ、お兄ちゃんとして、俺の立場がなくなっちゃうだろうが。いいんだよ、ナオはまだ、お子様で。ナオがちゃんと家のことをやってくれるから、俺だってバイトに専念できるんだし。母さんだって、安心して寝てられる。そうだろ？」

そう言って、尚人の髪をぐしゃぐしゃと掻き回した。

だが。雅紀が中学生だった頃は、もっと、自分よりもずっと大人びていたように思うのは、気のせいでもない記憶違いでもない。

体格の良さを差し引いても、あの頃の雅紀は、すでに『お子様』なんかではなかった。一本筋の通った、イッパシの『男』だったのだ。

そして、今。同年代の高校生たちがまだ相応の甘えと幼さを引き摺っている中で、雅紀は、ひとり早々と『大人』の男の顔になってしまった。

それに比べて、自分は……。

何をやるにも中途半端なだけの――子ども。尚人は、それを痛烈に自覚する。

悔しかった。

情けなかった。

そして。自分だけが不幸のドツボにハマったように、いつまでも荒れる弟が……疎ましかった。

その首根っ子を引っ摑んで、

「いいかげん、甘ったれてんじゃないよッ」

睨んでも。あっさり、その手を振り払われる。裕太はあからさまに眦《まなじり》を吊《つ》り上げて睨み返すだけで、返事もしないのだ。

兄としての力不足と迫力不足を痛感する瞬間だった。

二歳違いとはいえ、元々、裕太とはタメ同然の距離感だったのだ。何をするにつけても、ムキになって自分と張り合う裕太のしつこさに根負けして、最初に尚人の方から一歩引いたのがマズかった。

いったん掛け違えてしまったボタンを元に戻すには、予想以上に骨が折れるということなのだろう。

ついには。篠宮家の『腐ったミカン』呼ばわりされても、一向に改まらない裕太の生活態度にキレてしまった沙也加の、

「あんたって、ホント、いつまでたっても『お子様』なのね。そうやって、ダダこねまくって、ひっくり返って泣きわめけば、どうにかなるとでも思ってんの？　バッカみたい。いつまでも、グダグダ甘ったれてんじゃないわよッ。男なら、あたしたちを捨てていったあいつを見返してやろうぐらいの根性見せなさいよッ！　あんたがクズの落ちこぼれになるのは勝手だけど、あ

たしたちの足まで引っ張らないでよねッ」

久々に辛辣な一喝に、裕太は無言でいきなり殴りかかってきた。

それで、結局、最後には。止めに入った尚人と三つ巴に入り乱れての派手な大喧嘩になってしまったのだ。

沙也加にしてみれば、歯痒くてしかたなかったのだろう。父に見捨てられたことをいつまでも引き摺って荒れまくる末弟の、甘ったれた根性が。

兄の雅紀が、家族のために必死で頑張っているのに……。

自分だって、尚人だって、母が倒れてからは文句も言わずに家事をやってきたのにッ。

それを思うと。自分のことしか考えない弟の身勝手さに腹が立ち、後足で砂をかけるようなことばかりしでかす裕太が憎らしくてたまらなかったのだろう。

あるいは。沙也加自身、無自覚に受験へのストレスが溜まっていたのか……。

そのときに沙也加が額を切って流血してしまったことで、また、ひと騒動だった。

尚人と裕太は、顔面血だらけの沙也加にビビって金縛るし。

母はショックで倒れるし。

慌てて呼んだ救急車のサイレンに、篠宮の家の周りに野次馬は集まるし。

バイト先からスッ飛んできたらしい雅紀の目は血走っているし……。

親類筋の大人たちは、それ見たことか——と頭を抱え。この際、冷却期間を置く意味でも、いっとき沙也加と裕太を離した方が良いのではないかと雅紀に迫った。

こういうとき、半病人の母親はまるで当てにならない。たとえ大喧嘩をしても、兄妹弟が離れ離れになるとわかれば下の妹弟たちの拒絶反応は凄《すさ》まじく、何を言ってもムダなのはわかりきっている。

だからこそ、彼らは雅紀に決断を促すのだ。そうすれば、嫌々でも渋々でも、妹弟たちは雅紀に従うからである。あの、裕太でさえ。

父親がいなくなって、雅紀に対する妹弟のそれは目に見えて顕著になった。それだけ、雅紀への信頼と依存は大きいということだった。

そして。

結局。沙也加が隣市に住む母の実家から通学することになった。多少時間はかかるが、電車通学をすれば明和《めいわ》中学まで通えない距離ではなかったので。

さすがに、小学生の裕太に電車通学をさせるわけにはいかない——ということもあったが。この際、受験生の沙也加には、よけいな負担をかけずに勉強に集中させたいという雅紀の思いがあったからだ。

「沙也加も、この際、落ち着いた環境でじっくり、受験勉強に専念してみたらどうだ？　加門のお祖父《じい》ちゃんもお祖母《ばあ》ちゃんも、おまえが来てくれると嬉しいって言ってるし。こっちのことは心配しなくてもいい。母さんも、今はずっと落ち着いてるし。家のことはナオがちゃんとやってくれるからな」

もっとも。そんな兄心を汲《く》んで素直に頷《うなず》くには、沙也加のブラコンは超筋金入りだったりするのだが。

何といっても。沙也加にとっては、兄は一日の活力の源なのだ。なのに、これから受験が終わるまで、雅紀の『顔も見れない』『声も聴けない』生活では、せっかくのヤル気も半減してしまう。

が——しかし。あまりゴネまくって雅紀を困らせたくもない。

だから。受験が終わったらすぐに篠宮の家に帰ってくることを何度も念を押して、渋々ながら、加門の家に行くことにしたのだ。

沙也加が期限付きでいなくなってしまうと、家の中は急に淋しく、まるで火が消えたように静かになってしまった。

そして、尚人は。今更のように実感するのだ。この一年、何かと物入りな家計を支えてきたのは長兄の雅紀だが。ともすれば重く沈みがちな空気の淀みをその存在感でもって祓《はら》ってきたのは、口うるさいがしっかり者の姉の沙也加だったのだろうと。

『女の子が一人いるだけで家の中が華やぐ』

とは。たぶん、そういうことなのかもしれない。

日本人離れした容姿の雅紀は、そこにいるだけで華のある、ゴージャスな雰囲気を醸し出す美形だが。それとはまた違った意味で、篠宮家における沙也加の存在意義とは、家族にとってはなくてはならないもの――なのだと、尚人は知る。

「家族は一緒にいてこそ家族」

母が口癖のように語るその言葉の意味を、尚人は、身をもって実感する。

『家族』という名のジグソー・パズル。

欠けてしまった父のピースは、二度と埋まらない。だから、もう、誰のピースも無くしたくないッ！　――と、尚人は思うのだ。

そういう意味では。『家族の絆』に誰よりもこだわっていたのは、母だったかもしれない。

女の細腕で、四人の子どもを育てていくことの理想と現実。

おそらく、母は。リアル・タイムでの様々な問題を抱え、そのたびにブチ当たる壁の厳しさを嫌というほど味わったことだろう。挙げ句に、心身のストレスから体調を崩してしまったときには、内心、忸怩《じくじ》たる思いだったに違いない。

コンナコトデハ、イケナイ。

モット、自分ガ、シッカリシナケレバ……。

だが。気ばかり焦っても、身体は思うようには動いてはくれない。その苦渋は、いかばかりなものだったろう。

本来。子どもたちをきちんと養っていかなければならない自分が、逆に、家族の厄介者に成り下がってしまっている。

それを思うと、心痛は更に倍加したに違いない。

親としての責任能力。

エゴと知りつつ、捨て切れないプライド。

失いたくない絆。

直視せざるを得ない、リアルな現実。

それらが入り乱れての相克は果てのないジレンマを生み、心身を疲弊させる。

そして。なし崩しに生活の全てを家族に依存しはじめたとき、母の中で、何かが静かに壊れていったのだろう。

それを裏付けるかのように、母は、まるで別人のように影が細くなっていった。単に面やつれするというより、精気の乏しい表情は、どこか儚《はかな》げですらあった。

誰の目にも、それと知れるほどの存在感の薄さ。

そんな母だったからこそ、雅紀は、

『母さんを守って支えてやれるのは、自分しかいない』

そう、思い込んでしまったのだろうか。

何くれとなく、雅紀が母の世話を焼く。紛い物ではない、優しい笑顔で。深みのある穏やかな声で、しぐさで、労《いたわ》るように包み込む。母の全てを……。

そこはかとなく漂うその親密さに、沙也加が何とも言えないような目で二人を見つめていることにも気付かないで。

けれども、尚人は。そんな沙也加のブラコンぶりを笑うことはできなかった。

雅紀にかまってもらえなくて淋しい思いをしているのは、何も、沙也加ばかりではない。

沙也加ほど露骨にはなれなくても、同じ男として兄を見る目にかなりのブラコンが入っているという自覚は尚人にもあったのだ。ただ、それを全開にして沙也加と張り合うつもりなどは微塵もなかっただけのことで。

いや。逆に、沙也加の前では、半ば無意識のブレーキがかかっていたかもしれない。

だから、沙也加に、

「尚。いいかげん、お兄ちゃんのこと『まーちゃん』呼ばわりするの、やめなさいよ。中学生にもなってそれじゃあ、聞いてる方も、かなり恥ずかしいわよ」

そんなふうに言われたときも、

（そう……なの？　でも、今更……別の呼び方なんて……）

と、思いつつ。ダメ押しのように、

「お兄ちゃんは優しいから別に何も言わないけど、本当は、人前でいつまでもそんなふうに呼ばれるの、イヤなんじゃない？」

きっぱりと言われ、矯正した。

なんだか……。雅紀がそれを嫌がっているというより、尚人が『まーちゃん』と呼ぶそのことを沙也加が嫌っている。そんなふうにも思えたからだ。

もし、これが。篠宮の家が何事もなくごく普通の状態であったなら、たぶん尚人も、

「何言ってんの。そんなの、俺の勝手だろ？」

それで押し切っただろうし。それ以前に、そんな沙也加の機微までは気が付かなかったかもしれない。

しかし、今は。ほんの些細《ささい》なことでも、よけいな波風を立てたくなかったのだ。

もっとも。いきなり尚人に『雅紀兄さん』呼ばわりされて、一瞬、見事に絶句してしまった雅紀には、

「ナオ……。なんだ、どうした？　悪いモンでも食ったのか？」

真剣に言われてしまったが。

淋しい。

かまってもらいたい。

でも——雅紀の負担だけにはなりたくない。

それが、沙也加と尚人の偽らざる本音でもあった。

だから。沙也加が加門の家で受験勉強に専念することになったとき、尚人は、思わずため息を洩らした。これできっと、沙也加も落ち着いて勉強できるに違いない——と。

尚人がそう思えるくらいには、雅紀と母の親密度は日ごとに増す一方だった。

母の体調が良いときには、雅紀と二人連れ立って散歩に出ることも珍しくはなかった。

短期間のうちにすっかりやつれ果てた母の姿は、当然のことのように周囲の同情を誘ったが。

それでも、長身の雅紀の腕にすがってゆったりとした足取りで歩く母の顔は、心なしか楽しげでもあった。

それにも増して、雅紀の良くできた孝行息子ぶりは近所でも評判だった。末っ子の荒れざまに誰もが眉をひそめるのとは対照的に。

ある意味。雅紀のそれは、世の親たち——特に母親が『そうであれ』と願う理想の息子像を具現していたのかもしれない。そうでなければ、

「篠宮さんとこの雅紀君は、ほんと、良くできた息子さんよねぇ」

「あそこまでやられたら、母親冥利に尽きるわよ。素直に羨《うらや》ましいわ」

「ウチの子どもに、爪の垢《あか》でも煎《せん》じて飲ませてやりたいくらい」

などと。誰もが同じように口を揃《そろ》えて、雅紀を誉めそやしはしなかっただろう。

だから、尚人は。深夜、足音を忍ばせて母の部屋から雅紀が出てくるのを偶然見かけたときも、別段、何の違和感も感じなかった。

それどころか。母の体調が思わしくないときには、いつでも雅紀が付き添って薬を飲ませたりしていたので、

（あー、またお母さんの具合が悪くなっちゃったんだ）

ぐらいにしか思わなかった。

それもたび重なると、今度は、雅紀の方が身体を壊してしまうのではないかと心配になって、

（まーちゃん。お願いだから、あんまり一人で頑張りすぎないでよね）

深々とため息を洩らさずにはいられなかった。

沙也加が不在の今、雅紀にまで倒れられたら、それこそ、自分はパニックになってしまうに違いないと尚人は思った。

が──しかし。

十二月に入って、すぐ。学期末テストの最終日。

二時間目で終わったテスト明けで、午前中、早々と家に戻ってきた尚人は。そのまま二階にある自室に戻ろうとして、ふと、足を止めた。何か、耳慣れない声……のようなものが聞こえたような気がしたのだ。

思わず耳を澄まして、

(――なに?)

頭を巡らせる。

妙にくぐもった……呻き声?

それが一階の奥まった母の部屋から洩れているのだと知って、ドキリとした。

どこかしら嗚咽にも似た、母の――呻き声。

ときおり掠れて途切れるそれは、どこか苦しげで……。

もしかしたら、誰もいない間に母の具合がまた悪くなってしまったのではないかと。一瞬、尚人の顔も蒼ざめた。

そして。慌てて部屋のドアへと走り寄ろうとした――そのとき。

「…あ…あぁッ、慶輔《けいすけ》…さんッ」

いきなり父の名を呼ぶ母の極まった艶声に、尚人は、その場でギョッと凍りついた。

（お…とう……さん？）

聞き間違いではない。確かに、父の名前だった。

（なぜ――？）

そのとたん。キーンと耳鳴りがした。

（……どう…して？）

それが、こめかみを蹴りつけるような自分の鼓動だと気付いて。尚人は――ゴクリと息を呑んだ。

（お父さんが……来てる？）

まさか……。

――何のために？

『ウソだろ？』

『ホントに？』

相容れないその言葉が頭の中でせめぎあい、逸る鼓動の熱さが尚人の喉をキリキリ締めつける。その息苦しさに、ぎくしゃくと奥歯を噛み締めた。

――瞬間。

不意に。

ドアが。

静かに……開いた。

だが。

（——ッ！）

頭の天辺《てっぺん》から背骨へイナズマが走り抜けたような気がして、尚人は吐息の先まで金縛る。

開いたドアの向こうで、同じように呆然絶句しているのが『父』ではなく、兄の『雅紀』だと知って。尚人は、更に大きく目を瞠った。

（え？　——まー…ちゃん？）

まるで狐につままれたような錯覚に、尚人はまじまじと雅紀の顔を凝視する。

（——な…ん、で……？）

雅紀が母の部屋から出てくることなど、別に、珍しいことではない。

それは、すでに、何度となく見慣れたはずの光景だった。

なのに……。

そのとき。

何かが——違って見えた。

『何、が？』

『ナニ、が……?』

『なに──が?』

何がなんだか、よくわからない。ただ、言葉にならないそれが、凄まじい勢いで目の裏をグルグル廻《まわ》り出す。

(ナゼ?)

父ではなく、雅紀なのか。

(ドウシテ?)

雅紀は、そんなに蒼ざめた顔で自分を見ているのか?

訳のわからない、いきなり降って湧いたような──違和感。

それだけで、なぜか。見慣れたはずの雅紀の美貌が、瞬間、見知らぬ他人のように思えて……。尚人は言葉もなく、ぎくしゃくと後ずさった。

すると。ハレーションぎみに開ききった視界の中で、雅紀の双眸がわずかに翳《かげ》った。

──ような気がして。尚人は。瞬きもできないほどにベッタリ雅紀に貼り付いたままの視線を無理やり引き剝《は》がすと、脱兎《だっと》の勢いで二階の自室に駆け上がった。

もう……。

何が──なんだか、わからない。

ただ、あそこにいてはいけないような強迫観念に駆られて、尚人は逃げ出したのだ。

ドアノブを握る手の震えが、止まらない。

ドアを押すのか。

――引くのか。

パニくった頭では、そんなことすらもわからなくなって……。

ただガチャガチャと闇雲に弄《いじく》り回して、ようやくドアが開くと。そのまま、つんのめるようにして部屋の中に入り。すぐさま後ろ手でドアを閉め、尚人は……その場にズルズルとヘタり込んだ。

(――なに?)

いまだに収まらない拍動を掌《てのひら》でギュッと握り込んで。尚人は自問する。

あれは、いったい、何だったのか――と。

(どうしちゃったんだ……俺)

まるで、アワを食うように、慌てて雅紀から逃げ出してきた自分が……わからない。

――いや。

本当にわからないのか。

それとも。

わかりたくないだけ――なのか。

そんなことすらもわからなくなってしまっている今の自分に、尚人は、今更のように啞然《あぜん》とする。

ただ。驚いたように自分を凝視する雅紀の、なぜか、ひどく傷ついたような双眸の色が哀しくて、胸が痛かった。

雅紀に、そんな顔をさせたのが自分なのかと思うと、不意に泣きたくなった。

それから、しばらくして。

不意に、ドアがノックされた。

ハッと弾かれるように顔を上げ、尚人はノロノロと立ち上がる。

――が。

一瞬。ドアノブにかけた指が、ためらいに震えた。

すると。それを見透かしたように、

「ナオ。俺だ」

雅紀が言った。

尚人は乾いた唇を何度も舌で湿らせてから、ゆっくり、ドアを開ける。

恐る恐る見上げた視線の先には、いつもの雅紀がいた。

それだけで、尚人は、あからさまにホッとする。もしかしたら、あれは、何かの間違いだったようにも思えて。

「入っても、いいか?」

「……ウン」

中に入ると雅紀は、階下に放りっぱなしだった尚人の鞄《かばん》を机の上に置き、

「あ……ありが、と……」

ぎくしゃくと尚人がそれを言うと、そのまま、ベッドの端に腰を据えた。

——と。なぜか、とたんに部屋の中の空気がザワついたような気がして。尚人は制服の上だけを脱いでハンガーにかけると、所在なげに机の前の椅子《いす》に座った。

「期末テスト……今日で終わりだったんだっけ?」

「あ……ウン。そう……だけど」

「どうだった?」

「——まぁ…まぁ……」

何かをはぐらかすような当たり障りのない会話は妙に白々しくて、間がもたない。

尚人は軽く目を伏せたまま、雅紀を見ようともしない。

そんな居心地の悪さに焦《じ》れたように、雅紀はひとつ深々とため息を落とすと、

「ナオ。こっち、おいで」

ひどく優しい声で、尚人を呼んだ。

けれども。その優しさの底には何か……常ならぬモノがこびりついているようで、尚人は、
そこから一歩も動けなかった。

「ナオ?」

いつものように、雅紀が独特のイントネーションで尚人の名前を口にする。

だが。それすらも、今の尚人にとってはひどく重かった。

「ナァオ?　どうした?」

いつもと同じ雅紀の口調。

それでも、言葉にならない違和感が——拭《ぬぐ》えない。

だが。

「ナオ……聞こえない?」

辛抱強く呼びかける雅紀の優しい声は、耳に……身体にまとわりついて離れない。

そして。ようやく観念したように、尚人が視線を上げると。雅紀は。笑みのない金茶の瞳で
尚人を見据え、軽く手招きをした。

「おいで、ナオ」

――瞬間。尚人の中で、何かがツクリ……と疼《うず》いた。

まるで、金茶の瞳に吸い寄せられるようにぎくしゃくと、尚人が歩み寄る。

たった数歩の距離が、ひどく――遠い。そう思えるくらいには充分、尚人は雅紀に呪縛されていたのかもしれない。

雅紀から、目を逸らせない。

すると。

雅紀は。

不意に表情を和らげると、尚人の手を摑んで膝《ひざ》の上に乗せ、そのまま背後から腕の中に抱き込んだ。昔みたいに。だが、あの頃よりはひどく強引に。

いきなりの、懐かしい――だが思ってもみないスキンシップ状態に、尚人は、思わず固まってしまう。

中学一年にもなって、いくらなんでも、この体勢はないんじゃないか……という気恥ずかしさよりも。すっぽり抱き込まれた腕の中で、身じろぎひとつできないことの方が、なぜか……ショックだった。

自分はもう、あのときみたいな子どもじゃない。そう思っていた。

身長だってずいぶん伸びたし、体重もそれなりに増えた。

なのに……。

雅紀との差が埋まらない。

そして。唐突に気付く。尚人の全てを搦《から》め取るような雅紀の腕も、胸も、記憶にあるそれよりもずっと逞《たくま》しいことに。

それが、妙にチリチリと尚人を刺激した。

あの頃。すでに、雅紀は『大人』だった。

——が。この兄の方が、数倍も成熟した『男』なのだと気付かされる。

『大人』の兄。

だが。尚人の知らない『男』としての雅紀がここにいる。

掠れてくぐもった、母の呻き声。

父の名を呼ぶ、甲高い艶声。

そうして。尚人は……思い出す。母の部屋から出てきた雅紀が、ズボンの上にシャツを引っかけただけの半裸状態だったことに。

とたん。

尚人は。口の中——いや、胃のあたりに無理やり氷塊を押し込まれたような気がして、瞬時に鳥肌立った。

（——ち…が、うッ）

その瞬間。頭の縁に掠め走ったモノを必死で打ち消して、唇を嚙み締める。

そして。

「どうした、ナオ。寒いのか？」

そんなふうに囁《ささや》かれて初めて、尚人は、自分が小刻みに震えていることを知ったのだ。

「ナオ？」

いったん自覚してしまうと、それは、後のない怯《おび》えにすり替わった。

雅紀が——怖い。

自分のよく知っている『兄』ではない『雅紀』が、いったい、何を考えているのか。それがわからなくて、怖い。

雅紀の腕の中で、尚人がカタカタと震え出す。

粟立《あわだ》つ首筋はむろんのこと、異様に逸る鼓動の音さえ雅紀には筒抜けだろう。それを思うと、いっそうの震えが走った。

逃げ出したかった、兄の呪縛から。

なのに。

雅紀は。

その身体の震えさえ搦め取るように、更に深々と尚人を抱き込むと。耳朶《みみたぶ》を舐《な》め上げんばかりに唇を寄せて、

「ナオ……。誰にも言わないよな？」

囁いた。

何を――とは言わず。ただ熱のこもった吐息の先で、

「言わないだろ？」

……迫る。

息苦しいほど密着した肌の温もりを尚人に知らしめるように、

「母さんを守ってやれるのは、俺たちだけなんだから。俺の言ってること――わかるよな？」

拒絶を許さない甘い口調で、

「ナオ？」

ただひたすら、共犯者になることだけを尚人に強要する。

そうして。尚人は、否応なしに確信させられるのだ。兄と母との秘め事の真実を。

あそこで。雅紀と母が何をしていたのか……。

それを思うと、目の前が真っ暗になった。

身体中の血が凍えて、息が止まりそうになる。

それでも。

「誰にも……言わないよな？」

尚人は、ただ頷くことしかできなかった。『家族』を失わないために……。

たとえ、それが、背徳という名の地獄だったとしても。尚人は、この兄の温もりを失いたくなかった。

「――いい子だ、ナオ」

そう言いながら、雅紀が尚人の髪を撫《な》でる。

震える尚人の身体をあやすように、何度も。

……何度も。

その唇で、尚人の髪に、首筋に口付ける。

まるで、言葉にならない祈りを捧げるように何度も……。

けれども。尚人の震えは止まらなかった。

こらえても。

こらえても……。

なぜか。とめどなく、涙がこぼれ落ちた。

兄の腕の中で嗚咽を咬《か》んで。

密着した雅紀の鼓動を感じながら、涙を涸《か》らして。

その日、尚人は。胸の奥で何かが弾ける音を聞いたのだった。

＊＊＊＊＊＊＊＊

何も、言わない。

何も、見ない。

何も——聞かない。

雅紀との約束は、それで守られるはずであった。

あの日。

沙也加が、突然戻ってきたりしなければ……。

その日。

尚人が風邪で寝込んで学校を休んだりしなければ、沙也加の、あんなにも痛々しい悲鳴を聴かずに済んだだろう。

「お母さんも……お兄ちゃんも――汚いッ。お母さんなんか……お母さんなんか、死んじゃえばいいのよぉぉぉぉ――――ッ！」

実際のところ。尚人はそれを直接目にしたわけではないから、まだ、何とかこちら側に踏み止まっていられた。

しかし……。兄と母の『情事』の真っ最中をモロに目撃してしまったらしい沙也加は。半狂乱の形相で、雅紀の制止を振り切って家から飛び出していった。

そして。

それっきり、沙也加は二度と戻っては来なかった。

＊＊＊＊＊＊＊＊

「――おね…ちゃん、だから……お母さ…んの葬式、にも……来なかった？」

妙に上擦った声を奥歯で軋《きし》らせて、裕太《ゆうた》が言った。

雅紀《まさき》と母の生々しい真実を告げられて、さすがに衝撃は隠せないようだった。

「そうだ」

沙也加《さやか》が篠宮《しのみや》の家を飛び出して、一週間後。母は、突然――逝《い》った。

「お母さんが……自殺、したから？」

その言葉に母の蒼白《あおじろ》い死に顔を思い出し、尚人《なおと》はヒクリと片頬《かたほほ》を痙《ひきつ》らせた。

だが。

「自殺じゃない。あれは――事故だ」

雅紀はきっぱり、そう言い切った。

「だって……みんな、言ってた。お母さんは将来をヒカンして、睡眠薬……いっぱい飲んで死んだって……」

加門《かもん》の祖父母も親戚も、通夜に訪れた者たちは誰もが皆、陰でそう噂し合った。遺書も何もなかったが、親としての責任も果たせない身を悔やんでの自殺だろうと。

「違う。飲む量を間違えただけだ。母さんは不眠症で薬を飲まなきゃ眠れなかったからな」

しかし。過失にしろ、覚悟の自殺であれ。最後の最後で、その引き金となった直接の原因が何であったのか……。その真実を知る者は、逝った母以外、ただの一人もいなかった。

あまりにも突然の、母の――死。

それゆえに、雅紀は。尚人は。おそらくは……沙也加も。それぞれに大きな疑惑と消えない疵《きず》を抱え込んでしまったのだ。

そして、

「ウソつけッ。お母さんは、雅紀にーちゃんとセックスしてるとこをお姉ちゃんに見られたから、それで死んじゃったんだッ！」

裕太もまた、同様に。

「まさ…にぃ…ちゃんが……お母さんと、セックスなんかするから……だから、お母さん——死んじゃったんだぁぁッ！」

裕太の容赦ない糾弾《きゅうだん》は、雅紀と母の禁忌を黙認してきた尚人の『共犯者』としての自覚と痛みを痛烈に抉《えぐ》った。

なのに。雅紀は言うのだ。

「あれは事故だ。母さんは、自殺なんかしない」

ひたすら静かな口調で、あくまで『事故』だと言い張る雅紀は、きっと——そう信じたいのだ。母は、沙也加に雅紀との情事を目撃されたことを気に病んで自ら命を絶ったのではなく、ただ、いつもの量を多く飲み間違えただけ——なのだと。

尚人が、そうであれ……と、切に願っているのと同じように。

親子で情を交わすことのタブーに総毛立ち、雅紀と母を『汚い』と罵倒《ばとう》した沙也加が、最後の最後で母に投げつけた『死んでしまえッ』という言葉の猛毒。それが、病んだ母の命を断ち切ってしまったのではないと、そう信じたいのだ。

その沙也加は。結局、志望した高校には合格できなかった。

学力不足だったわけではない。母の葬儀から三日後、沙也加は突然体調を崩して入院してしまい、その日、受験することができなかったのだ。

加門の祖母は。沙也加が母の通夜にも顔を出さず、葬儀に参列することも頑《かたく》なに拒んでいたことに対して、心中かなり複雑な思いだっただろうが。そんなことはおくびにも出さず、沙也加が当確と言われていた高校受験に失敗したことを、

「本番前に入院なんて……。やっぱり、お母さんのことがショックだったんだろうねぇ……」

電話口でしきりに悔やんでいた。

その分。加門の伯父《おじ》たちは、母の死をないがしろにした罰が当たったのだと、吐き捨てていたらしいが。

ちなみに。母の通夜の席で真っ赤に泣き腫《は》らした顔でしゃくり上げる裕太の姿は、参列者の新たな涙を誘い。姿も見せない沙也加はショックで倒れてしまったのではないかと、人々の心配を煽《あお》り。込み上げる涙をこらえて立派に喪主を務め上げた雅紀は、さすがに気丈だと賞賛され。そして、泣くにも泣けずにただ呆然《ぼうぜん》状態だった尚人は、親の死に目にも涙を見せない薄情

な子ども——だと言われた。

出来の良い子、悪い子。

ツイてるとき、間が悪いとき。

四人も兄姉弟がいれば、どうしても、誰かが貧乏クジを引いてしまうのだろう。

けれども。

「だけど……。おまえがそう思いたいのなら、それでもいい。別に、俺が思っていることを、おまえに押しつけるつもりはないからな」

そうやって淡々と、全てをこともなげに切り捨ててしまえる兄は、やはり……どこか壊れているのだろうと尚人は思った。

母が逝ってしまってから、雅紀は、まるで魂の半分を持っていかれたみたいだった。

何にも、誰にも執着を見せない。人の心を鷲掴《わしづか》みにして離さなかった魅惑の双眸《そうぼう》すら、今は、冷たいガラス玉のようだ。

モデルとしての仕事はきちんとこなしているようだが、それはただ、弟たちを養っていかなければならないという義務感だけのようにも思えて。最近、尚人は、なんだか不安でたまらなかった。

もしかしたら。そのうち仕事も何もかも投げ出して、自分たちにも何も告げないまま、フラりどこかに行ってしまうのではないか。そんな気がした。

それは、たぶん。母の死後、父がこの家を売りたがっているらしいことを、加門の伯父たちが憤懣《ふんまん》やるかたない口調で話しているのを偶然聞いてしまったせいかもしれない。

篠宮の家が——なくなる？

この家がなくなってしまったら、自分たちは——どうなる？

雅紀は、いったい……どうするつもりなのか？

その不安ともつかない思いが、ここへ来て一気に現実味を帯びてしまったような気がした。

裕太を堂森《どうもり》の祖父の家へ行かせる。

それは。過去のしがらみを全て切り捨てて、独りになってやり直したい——という、雅紀なりの意思表示なのではないか？

そのために、あえて、禁忌のカードまでオープンにして裕太を遠ざけようとしているのではないのか。

では、その次は——？

（——俺…？）

ギクリとして、尚人は、慌ててそれを打ち消す。

だが。トクトクと逸《はや》る鼓動は容易に治まらなかった。

そんな尚人の動揺に更に追い討ちをかけるように、不意に、裕太が言った。

「ナオちゃん……知ってたんだよね？」

「え……？」

「雅紀にーちゃんとお母さんのこと」

いきなり自分に矛先が廻《まわ》ってきて、尚人は、ドギマギと焦る。

「…あ……うん……」

「けど、お姉ちゃんみたく、この家から出ていかなかったんだ。なんで？」

そう、問われて。何をどう答えればいいのか……。束の間、尚人は迷う。

それは、家族……だから。

(——違う)

雅紀を失いたくなかったからだ。

あの日。雅紀に『誰にも言うな』と口止めされて、尚人は、兄の秘密とその罪を共有する共犯者になった。タブーを黙認することで雅紀のそばにいられるのなら、それでもいいと思ったのだ。

(俺には、まーちゃんしか……)

言葉にならない複雑な感情を持て余して、尚人は切なげな眼差しで雅紀を窺《うかが》う。

――が、雅紀は。何の反応も見せなかった。

強い激情だけで尚人を呪縛《じゅばく》した『あのとき』とは、まるで……違う。何の執着も見せない、冷たい――目。

そのとき。不意に。尚人は思い知ったのだ。もしかしたら、雅紀が一番切り捨てたがっているのは裕太ではなく、この自分なのではないかと。

そして。初めて気付いた。母が逝ってしまった瞬間、尚人の『共犯者』としての価値もなくなってしまったのだと。そうなれば、後は、背徳という名の疵を舐《な》め合うだけの厄介な存在でしかないのだろう――と。

(俺は、もう……いらない?)

そう思った――瞬間。尚人の口を突いて出たのは、

「この家を出て、俺は……どこに行けばいいわけ? 堂森のじいちゃんも加門のじいちゃんたちも、欲しがってるのはおまえだけで、俺じゃない。お母さんが生きてるときから、ずっとそうだったじゃないか。俺の名前が呼ばれたことなんて……一度もないよ。俺が必要とされてるのは、この家でだけ……だろ? だから、俺は――どこにも行かない。沙也姉がこの家を捨てていっても、おまえが堂森のじいちゃんトコに行っても、俺はずっと、ここにいる。雅紀兄さんが俺のことをいらなくなっても、俺は……この家にいる」

自分でも思いがけないほどの真情の吐露だった。

尚人は、とうの昔に気付いていた。裕太ほどには、皆に愛されていないだろう自分に。

雅紀は知らないだろうが。母が死んで半年ほど経って、尚人は、沙也加に呼び出されたことがあった。

そのとき、沙也加は。沙也加が知るずっと以前から兄と母の関係を尚人が気付いており、更にはそれを雅紀に口止めされていたことを知って、ひどく傷ついた目をして顔を歪《ゆが》め、

「あんたって……サイテー」

そうつぶやき、

「いつか……罰が当たるんだからッ」

そんな捨て台詞《ぜりふ》を尚人に叩《たた》きつけて背を向けた。

加門の祖母は、沙也加が受験に失敗した高校を尚人が受けると知ると、

「ナオちゃん、別の高校にできないの？　そんな、わざわざ、沙也加の疵を抉るようなことをしなくても……。おばあちゃん、ナオちゃんはもっと優しい子かと思ってたのに……」

そんなことを言った。あれから、二年も経っているのに……。

堂森の祖父は、母が生きていた頃から、尚人に対する態度はもっとあからさまであった。事あるごとに、

「なんだ、尚人、年下の裕太に負けるなんて情けない。もっと、しっかりせんかッ」

そんな言葉を投げつけた。

そんな尚人を庇《かば》ってくれたのは父でも母でもなく、雅紀だけだった。だから、尚人は、雅紀さえそばにいてくれればいいと思ったのだ。

しかし。

思わず胸の内を曝《さら》け出してしまった後で。これではまるで味噌《みそ》っカスの繰り言のようだと、どこか他人事のような感覚で尚人は思った。

堂森と加門。どちらの家からも欲しいと言われなくてスネているだけのガキ。そんなふうに思えるくらいには、充分。

こんなつもりではなかったのに……。

今更、後悔しても、もう——遅い。

きっと、雅紀が最後のカードをオープンにしてしまったせいで、尚人が無意識にしまいこんだ感情の封印まで解けてしまったのだろう。

だから。裕太だけではなく、雅紀までもが驚いたような顔で自分を見ているのに気が付いたとき。尚人は、どさくさ紛れのうちに、自分は、おもいっきり『ジョーカー』の出し方を間違えてしまったのだ——とも思った。

だから……。

「やだなぁ、雅紀兄さん。今のは、ただの言葉の綾だよ。俺……高校まで行かせてもらえれば、それでいいから。そしたら、あとはどこでだって、ちゃんとひとりでやれるし。いつまでも、雅紀兄さんにパラサイトするつもりなんか、ないってば。だから、そんな……マジにならないでよ」

それならいっそ、雅紀がそれを言い出す前に、先に自分から期限を切ってしまおうと思ったのだ。

高校を卒業するまで……。

三年間の猶予があれば、それなりにきちんと計画も立てられる。ちゃんと雅紀が身軽になれるように。自分の気持ちにだって、ケジメをつけることができるはずだ。

すると、雅紀は。思いがけず強い目で尚人を睨《にら》むと、そのままゆったりと立ち上がり、

「裕太。今の話、ちゃんと考えろ。返事は、明日でいい」

それだけ言い捨てて、自室に消えた。

そして、裕太は。

「おれ……ナオちゃんがそんなふうに思ってたなんて、知らなかったよ」

ポツリとつぶやいて、自分の部屋に戻っていった。

その背中がドアの向こうに消えてしまうと、尚人は、泣き笑いにも似たため息を洩《も》らさずにはいられなかった。

(俺って……けっこう墓穴掘りだったんだな。知らなかった……)

沙也加がこの家を去り、母が逝ってから、何かが少しずつ変わりはじめたのだろう。

だが。目には見えなかった綻《ほころ》びが思わぬ形を取ったとき、そこから何が飛び出してくるのか……。このとき、尚人はまるで予想もつかなかった。

《＊＊＊愛のパラドックス＊＊＊》

篠宮の家から尚人が通う翔南《しょうなん》高校までは、自転車で約四十分。

朝課外が始まるのは午前七時三十分からなので、尚人はいつも余裕をもって、六時半には家を出る。

尚人が翔南まで自転車通学をすると知ったとき、さすがに、雅紀は、

「無理して自転車通学をする必要はない」

そう、言ったが。尚人は別に苦にならなかった。

しかし、何の気なしに、

「いいよ。定期代がもったいないし」

尚人がそれを口にすると、雅紀は珍しくムッと顔をしかめて、

「じゃあ、勝手にしろ」

それっきり、すっかり機嫌が悪くなってしまった。

自分の言葉が足りなかったのだと痛感する瞬間である。日頃のコミュニケーション不足がおもいっきり祟《たた》っている証拠でもあろう。

すっかり倹約生活が身に付いてしまって、定期代すらもったいない。

確かに、それもあったが。どうやっても朝のラッシュ時を免れない電車通学をする気にはなれなかったのだ。

手足を動かすことすらままならない、ギュウギュウの寿司詰め……。

想像するだけで、ため息が重い。

どちらにしろ。家から駅までと、駅から学校までは歩かなければならないのだし。そのことを思えば、多少の時間はかかろうが、家から直で学校に行ける自転車通学の方が楽だと思ったのだ。

だが。取り付く島もないほど冷めきった雅紀の顔つきに、尚人は、今更弁解がましいことを言い出す気にもなれず、結局、口を噤んでしまったのだった。

何でもやってみなければわからないことは、たくさんある。さすがに、雨の日は学校指定のレインコートで完全武装するのはムレてキツイし、真冬の寒風は骨身に凍みた。

それでも。電車の発車時間に縛られなくても済むし、重い鞄《かばん》を持って歩くことも、朝っぱらから耳障りなおしゃべりに煩《わずら》わされることもない。

尚人の中では、そのことの方がはるかにポイントが高かった。二年生になっても自転車通学をやめたくならないほどには、だ。

誰のためでもない、自分にとっての——優先順位。突き詰めれば、それに尽きる。

だから。暑かろうが寒かろうが、周囲の目がどうであろうが、そんなことは別に大したことではなかった。

たったひとつ、雅紀に誤解されてしまったであろうことを除けば……。


午前八時二十分。

いつものように、朝課外終了のチャイムが鳴る。

——と、同時に。どこのクラスと言わず、一気に校舎がざわめき立った。

中には、チャイムが鳴り終わると同時に鞄の中から菓子パンを取り出して、猛然と食らいつく者もいる。おそらくギリギリまで蒲団《ふとん》の中にいて朝飯を食いっぱぐれたのだろうが、取り立てて珍しくもないその光景に、今更冷やかしの声をかける者もなかった。

春眠暁を覚えず——というには些《いささ》か日が経ち過ぎたが、それでも、一分一秒を惜しんで惰眠を貪《むさぼ》りたいことに変わりはないのかもしれない。

そのとき、

「なぁ、おい。三組の相馬《そうま》……知ってる?」

隣の席の芳賀《はが》が振り返って斎木《さいき》に声をかけた。

「知ってるけど……何?」

「あいつ、とうとう潰《つぶ》れちゃったらしいぞ」

「え…? あ……なんだ、やっぱ、そうなのか?」

「あぁ。このところ、課外、ずっとスッポかして呼び出し食らってたらしいんだけど」

するると、尚人の後ろから、

「あいつ、朝倉《あさくら》市の池上《いけがみ》から通ってンだろ? やっぱ、通学に一時間ってのはなぁ。キツインじゃねー?」

蓮城《れんじょう》が口を突っ込んできた。

「だよなぁ。いつもの時間の電車一本外すと、もうアウトだろ? その前に起きて、メシ食って……とか思うとさ、一年間良く持ったと思うぜ、俺は」

「俺は一年のとき、同じクラスだったんだけど。あいつ、課外が始まったときなんか、もう、死にそうだって言ってたしな」

通学に一時間。朝倉市が学区割りの北端であることを思えば、それもありがちなことではある。

学力の均一化を目的に設けられた公立高校の学区割りであるが、その中でも、翔南高校は公立高随一を誇る進学校である。実績を兼ね備えたネームバリューからいってもその校章は燦然《さんぜん》と輝いているのであるから、最近では先々のことを見越して中学から第三学区に転入してくる者も珍しくはない。

ランクを落として近場の公立高に通うか。

それとも、多少の無理は覚悟の上で頑張り通すか。

多少は親のミエもあるかもしれないが、最後はもちろん、本人の意思次第である。

そして。相馬はリスクを承知で翔南高校を選んだ。当然、それだけの価値があったということだろう。

尚人にしても、それは同じことだった。

「上を目指してチャレンジするのはいいけど、ちゃんと、通学時間とかも考えろよ。高校になれば、どこでもそれなりに課外授業があるはずだし、せっかく合格しても通学に時間を取られて潰れちゃ、何にもならないんだからな」

当時、沙也加が高校受験で志望高を選択するときの雅紀の台詞である。

あいにく、尚人が進路を決定するときには、雅紀からは何の言葉ももらえなかったが。ともあれ。それが、雅紀自身の高校生活を振り返ってみての、真摯《しんし》なアドバイスであったことには違いない。

雅紀は、剣道という確固たる目標があって瀧芙《そうぶ》高校に進学したわけで。朝がどんなに早かろうが、夜もとっぷり暮れようが、そんなものは苦にもならなかったらしいが。それでも理想と現実のギャップに疲れきって潰れていく者は、毎年、必ず出る。

それは、翔南高校でも同じことであった。

中学までは常に『トップ』を張っていても、それは、その中学レベルの『頭』と言うだけのことである。受験という篩《ふるい》にかけられて実力が拮抗《きっこう》する器の中に入ってしまえば、自分の実力が思った以上に下位レベルであった——ということも珍しいことではない。

そのことを真摯に受けとめて発奮するか。

あるいは、ショックを引《ひ》き摺《ず》って潰れていくか……。

それは本人の気持ちの問題であって、他人があれこれ口を出してもしょうがない。

尚人は、そう思っていた。

通学時間にしても、同様である。一年間頑張り通せたからといって、次の一年が無事に乗り切れるという保障はどこにもない。

それなりのモチベーションを維持することは大切だが、適度な息抜きも不可欠だ。

気持ちが切れてしまったら、それで終わりなのだ。

だから、

「そういや、篠宮もけっこう遠いんだよな。千束《ちづか》……だっけ？」

不意に話を振られたときも、別に大して驚きもしなかった。尚人が四十分の自転車通学をしていることは、けっこう知れ渡っていたからである。

「そうだけど？」

「朝……何時起き？」

「五時」

とたん。ヒクリと、蓮城が唇を痙らせた。

「げっ……マジ？　俺、まだ蒲団の中だぜ」

その横で、斎木は、しっかり深々と頷《うなず》いている。

「けど、篠宮って、一年のときからずっと皆勤賞だもんなぁ。それって、やっぱスゴイよ」

「別に、凄くないよ。慣れ……だって」

慣れ――なのだ。本当に。

（だって、それしかなかったし）

けれども。

「そういう台詞《せりふ》をさらっと吐けるのは、有言実行を地で行く篠宮だけだって」

「マネしろったって、できねーよ、フツー」

「そうそう。いくら気合いで頑張っても、やっぱそれなりの下地がないとなぁ。無理だろ?」

そんなふうに断言されてしまうと、尚人はもう、苦笑いするしかないのだった。


ブチ撒《ま》けて言ってしまえば。尚人が翔南高校に進学したのは、勉強することしか取り柄がなかったからだ。

雅紀のように、スポーツに秀でているわけではなかったし。かといって、裕太のように周囲を無視してドロップ・アウトする根性もなかった。

更には。沙也加のように、

『語学力を活かして、将来、グローバルな視野の国際人になりたい。高校受験は、それを実現するための第一歩』

将来に向けての明確なビジョンがあったわけでもない。

ただ……勉強するのは嫌いではなかっただけのことで。

沙也加が合格することのできなかった翔南を受験する。それは、沙也加に成り代わってのリベンジでもなければ、まして、篠宮の家を捨てていった沙也加に対するささやかな意趣返しでもない。

翔南高校が、私立公立を含めて、学区一の偏差値を誇る進学校だったからだ。

両親はいなくても。

スキャンダラスな家庭環境が最悪でも。

ちゃんとやればできる――ということを、尚人なりに証明したかった。

『誰に?』

他人の不幸は蜜の味……的な世間の視線に。

あれこれと、口だけはうるさい親戚に。

――雅紀に。

そして。誰にも必要とされなかった自分自身のために。

そうすれば、何かが――変わるかもしれない。そう、思った。

自分の周囲の『何か』が。

自分の『中』の何かが。

尚人はただ、きちんとした目標を持って何かを極めたかったのだ。

自分なりに何かひとつでも極めることができれば、もっと自信が持てるのではないかと思った。そうすれば、誰か――いや、雅紀がまた、自分のことを見てくれるのではないかと。

母の死後、雅紀はすっかり変わってしまった。

尚人を見る目ですらどこか冷ややかで、ある意味、投げやりで。まるで、自分の中の一部分を無理やり切り捨ててしまったかのようだった。

そんな雅紀を見るのが辛くて、自分一人だけ取り残されるのが……何よりも怖かった。

だから。中学二年の頃には早々と高校は翔南に決めて、頑張ろうと思った。難関と言われる翔南高校に合格して、

「良く、頑張ったな」

雅紀に、そう、誉めてもらいたかったのだ。

けれども。

あの日。

それは、全て……独り善がりの『夢』でしかないことを、尚人は知ってしまった。雅紀は、母との思い出に繋《つな》がる何もかもと決別したがっているのだと。

自分や裕太の存在は、雅紀にとって、ただの重荷でしかなくなってしまったのだと気付かされることの痛みと、心の一部が突然麻痺《まひ》してしまったような——喪失感。

父が家族を捨てて家を出ていき。

精神を病んで母が逝き。

姉の沙也加は自分たちを拒絶した。

そして。今度は雅紀にも置いていかれるのだと思うと、尚人はもう、何も言えなくなってしまった。

雅紀の冷たい視線に曝《さら》されるのが怖くて……辛くて、何も聞けない。

元々、学校の成績は良かったのだが。少なくとも、勉強しているときはよけいなことは何も考えないでよかったから集中力も半端ではなく、おかげで、皮肉なことにテストの席次は学年でいつもトップだった。

ただ、それを単純に羨《うらや》ましがる連中と傍迷惑《はためいわく》なライバル意識に凝り固まった奴らは掃いて捨てるほどいても、ともに喜んでくれる家族は誰一人いなかったが。

おそらく雅紀は、尚人が学年ナンバー・ワンであろうがなかろうが、どこの高校を受験しようが、そんなことは何の興味も関心もなかったに違いない。

それが証拠に、その頃から女性関係が派手で頻繁《ひんぱん》に家を空けるようになった雅紀は、尚人が翔南高校に合格したときも、

「そうか」

素っ気なく頷いただけだった。

けれども。尚人は、そんなことで今更傷ついたりはしなかった。

兄の雅紀には、高校に行かせてもらえるだけで充分ありがたかった。だから、それ以上は何

も望んではいけないのだと思った。

勝手に期待をしておいて、それが叶わなかったからといって裏切られたと思うのは、ただのエゴにすぎないのだと知ってしまった。

高校生活の三年間。

期限を切ったのは尚人自身だ。ならば、あとは頑張るだけだと思った。

そして。裕太は。結局、堂森の祖父の家には行かなかった。

かといって、裕太が、沙也加と違って自分たちをすんなり受け入れてくれたわけではないことも、尚人はよくわかっていた。もちろん、雅紀も。

だから、雅紀は眉《まゆ》ひとつ動かさずに、

「おまえの好きにすればいいさ。けど……わかってるな、裕太。今度ブッ倒れたら、有無を言わさず、この家から出すからな」

そう、言ってのけたのだろう。

尚人には、高校が。

裕太には、食生活が。

二人の弟には、この家で暮らしていくための、それぞれの『枷《かせ》』が課せられたということになる。

それもあって、裕太は。とりあえず、尚人の作る食事だけは口に入れるようになった。本当に、それだけ……だったが。

ひとつ屋根の下に、兄弟三人。

だが。交わす言葉もないまま、陽は落ちて、夜が明けていく。最悪な時期は過ぎてしまったが、それでも、寒々しい家庭環境であることには違いない。

タブーを犯すことの罪と——罰。

母が逝ってしまったことで、秘密は秘密でなくなってしまった。

同時に、兄姉弟の絆《きずな》もズタズタに断ち切れてしまった。

母の死で、全てが終わってしまったのだ。

尚人は、そう思っていた。

いったん千切れてしまった絆は、再生することなどありえない——と。

だが……。

高校生活の第一歩を踏み出したばかりの尚人は知らなかった。

絆が絆であることの真意を。膿《う》んで歪んでしまった《血》が、更なる執着を生むのだとは。

そのときは、まだ、何も……。

＊＊＊＊＊＊＊＊

土曜の夜。

裕太と二人っきりの夕食は会話も弾まないまま、いつものように過ぎていく。

裕太の少食は相変わらずだった。

雅紀ほどではないにしろ、中学生になればすぐに尚人の背を追い越してしまうだろう……と言われていたのに、今では、その面影もない。

身長は、おそらく、一六五センチに満たないだろう。その分、切れ上がったアーモンド・アイズはめっきり鋭くなってしまったが。

それでも、ひと頃に比べれば、ずいぶんとマシになってきた。

夕食の時間には、呼べばちゃんと部屋から出てきてテーブルに着くし。出された物は、何の文句も言わずに食べる。

その上、どういう心境の変化なのか。自分の食べた分はきれいに洗っていくし、夕方になれば洗濯物も取り込んで、きちんと畳んである。

もっとも。雅紀には相変わらず含むモノがあるのか、それらは雅紀が不在のときに限ってのことだったが。

それはそれで良しとすべきなのだろうと、尚人は思う。今更、焦ってもしょうがない。

見返りが欲しくて。

認められたくて。

何も失いたくなくて。

そうやって、ただしゃにむに頑張っていられた時期は、とうに過ぎてしまった。

何かを期待して、満たされずに傷つくのにも――疲れた。

『自虐にまみれて人生を丸ごとドブに投げ捨ててしまうには、まだ早すぎる』

そんなふうに思えるようになっただけ、ある意味、尚人もそれなりに逞《たくま》しくなったのかもしれない。

肩の力を抜いて。深呼吸して、リラックス。

自分は、自分のできることをやればそれでいいのだと。

そんなこんなで。夕食の後片付けも早々に尚人は自室に戻り、いつものように机に向かう。

勉強することが唯一の暇潰し……などと言ったら、周囲のバッシングを買うのは目に見えているが。いつの頃からか、それも、尚人にとっては生活のリズムのひとつになってしまった。

ふと――気が付くと、時計は午後の十一時をとっくに回っていた。

後は、英語の課題プリントを残すだけ。

(先に、風呂に入ってこようかな)

おもいっきり背伸びをして、尚人は椅子《いす》から立ち上がった。

何でもてきぱきと片付けてしまう尚人だが、風呂だけはいつも長風呂だった。

手足をゆっくり伸ばして湯につかっていると、今日の分のストレスはすべて毛穴から排出されて、身も心も、少しはリチャージできるような気がして。お手軽……と言ってしまえばそれまでだが。

風呂から出た尚人は、階段を上がって、ふと、裕太の部屋の前で足を止めた。

部屋を出るときには聴こえなかった音楽が、部屋のドア越しに洩《も》れてくる。

(裕太も寝てしまったみたいだな)

寝るときには音楽を聴きながら眠る。どうやらそれが、裕太の就寝儀式だと気付いたのは、例の、弁当バラ撒き事件の後くらいからだった。

このところの裕太のお気に入りは、グレゴリアン・チャントとダンスミュージックがミックスしたような『エニグマ』だ。

一方的に垂れ流すだけのテレビの音も耳障りな雑音にしか聴こえない尚人にしてみれば、(あれで、よく眠れるよなぁ……。気合いが入りすぎて、かえって目が冴えてしまうんじゃないか?)

と、思うのだが。裕太の趣味にいちいち文句を言う筋合いでもない。

そうして。自室のドアを開けて中に一歩踏み込んだ。

——とたん。尚人は、ギョッと立ち竦《すく》んだ。

誰もいないはずの部屋の中。ベッドの端に浅く腰掛けた雅紀の姿が、いきなり視界に飛び込んできたからだ。

「…あ……お、おかえり…な、さい……」

モロに上擦った掠《かす》れ声。まさか、明後日《あさって》に帰ってくるはずの予定が急に繰り上がったとは思わなくて、とっさの動揺が隠せなかった。

——と、雅紀は。口の端だけでうっすらと笑った。

「俺の撮りは全部終わったんでな。とっとと先に帰ってきた」

雅紀は、そんなふうにあっさり言うが。きっと、また、マネージャーの市川《いちかわ》にゴリ押ししたのだろうと尚人は思った。

すでに何度か顔を合わせたことのある市川が、いつだったか、

「媚《こび》を売れとは言わないですけど、雅紀さんも、もっと欲を出してくれると、こちらも非常にありがたいんですけどねぇ。アフター・ファイブも仕事のうち……ですから」

ボヤいていたのを耳にしたことがあったからだ。

市川が言う『アフター・ファイブ』が何を意味するのかはわからなかったが。そのとき、尚人は、暗に自分たちの存在が雅紀の足枷になっていると言われたような気がした。

最近創刊されたメンズ系ファッション雑誌の『顔』になりつつある雅紀は、スケジュールもそれなりにビッシリ詰まっていて、かなりの頻度で家を留守にする。

雅紀が所属する『オフィス原嶋《はらしま》』は、その手の業界では小ぢんまりとした事務所で、これを機にもっと雅紀を売り出したいと思っているようなのだが。社長の思惑通りに掌《てのひら》で踊る気もない雅紀は『訳ありの家庭事情』を逆手に取って、本業以外のオイシイ話にはなかなか食いつかない。

それを『傲慢《ごうまん》』と取るか。賢明な『選択』と頷くのかは他人の勝手で、雅紀自身は何の興味も関心もなかった。

「ナオ。いつまで、そこに突っ立ってる気なんだ？」

「え…？　あ……うん」

尚人はぎくしゃくと、静かにドアを閉めた。

そうすると。一気に、部屋の中の密度が増したような気がした。

自分一人のときにはそれほど狭いと感じることのない部屋も、大柄な雅紀がそこにいるだけでいつもとは違った質量感があった。

無色透明な大気が雅紀の放つオーラに触発され、ジワリ……と熱を持つ。

錯覚ではない。

風呂上がりの体温が更に上昇したように感じるのも。やけに、鼓動が逸るのも……。

それは、

「ナオ?」

耳触りの良い雅紀の声が促すように尚人の名前を呼ぶと同時に、極まった。なぜか、ビクリと足が竦んだまま動けなくなってしまったのだ。

そんな尚人の心情を見通すことなど訳もない——と言わんばかりに、雅紀がユラリと立ち上がる。

そして。どこもかしこもガチガチに強ばったままの尚人を抱き寄せると、しっとりと湿り気の残る黒髪をすき上げて、うっそりと笑った。

「何やってんのかなぁ、ナオは。俺が早めに帰ってきたのが……そんなに気に入らない?」

囁《ささや》きながら、指で、尚人の首筋をなぞる。ことさらゆっくりと、耳の付け根まで。そこが尚人の弱点《よわい》ところだと、雅紀は誰よりもよく知っていた。

案の定。思わず腰が引けてしまった尚人を逃さず更に深く腕に抱き込んで、雅紀は、なおも囁く。

「違うよな？　ナオはただ……恥ずかしいだけなんだろ？　この間——俺にちょっと弄《いじ》られただけで、すぐにイッちゃったから」

ねっとりと甘く尚人の耳朶《みみたぶ》を舐め上げ、雅紀が巧みに羞恥《しゅうち》を煽る。

「久しぶりだったから、気持ち良すぎて我慢できなかったんだよな？」

首筋を朱赤に染め、身を捩《よじ》ってなおも逃げを打つ心と身体に背徳の楔《くさび》を打ち込むように、尚人の股間《こかん》をやんわりと握り込んで、

「ここ——弄られるのも舐められるのも、ナオ……大好きだもんな。あぁ……乳首もな。あれ、噛《か》んで吸われると、ナオのこれ……何もしなくても、すぐに勃《た》っちゃうもんな」

毒を孕《はら》んだ淫《みだ》らな吐息を吹きかける。

尚人は知っている。雅紀は、言葉で尚人を嬲《なぶ》るのが好きなのだ。

優しく、淫らな口調で囁くときは、雅紀自身の性欲が高まっているときだ。こんなときに下手《へた》なことを口走ると、その揚げ足を取られて必ず痛い目を見る。

そんなことを思いながら、尚人は、わななく唇を噛んで雅紀の腕に爪《つめ》を立てる。

すると、雅紀は、片頬に冷笑を刻んで指先に力を込めた。

「……んッ……」

尚人が、掠れた呻《うめ》きを洩らすまで。

「淋《さび》しかったか、ナオ?　ちゃんと、俺の言ったこと……守ってる?」

とたん。尚人の身体がビクリと痙《ひきつ》れた。

「ビクつくなよ。痛くなんかしない。ナオが、ちゃんと俺の言うことを聞けるならな。この前みたいに——痛くしない。あれは、お仕置きだ。ナオが、あんまり聞き分けのないことばっかり言うから……」

息を詰めて震える身体をあやすように、

「ナオだって、痛いのよりは気持ち良い方がイイだろ?　だから、俺の言うこと——聞いてくれるよな?」

ゆるゆると、耳朶を甘噛みした。

＊＊＊＊＊＊＊＊

タブーを犯す、ボーダーライン。

いったい、どこで間違えてしまったのか。

何が——悪かったのか。

誰を責めればいいのか。

尚人と雅紀の始まりは、去年の夏。

背徳の落とし穴は、思いもかけないところに転がっていた。

＊＊＊＊＊＊＊

尚人が高一の夏休み。

その日の深夜。

高校時代の久々のクラス会から帰ってきた雅紀は、珍しくもかなり酔っていた。

それでも。二階にいた尚人を煩わせることなく、ちゃんと自分で家の鍵を開けて帰ってきたところを見ると、外では意外にシャッキリしていたのだろうが。玄関を一歩入ったとたん、緊張の糸もプッツリ切れてしまったらしい。階段にもたれるようにして、うずくまっている。

もしも、尚人が喉《のど》の渇きを覚えて部屋を出なければ、そのまま夜を明かしてしまったのではないか。

それを思うと。常にはない、雅紀の思いがけない醜態に、

『クラス会で何かあったのではないか？』

『もしかして、仕事で煮詰まっているのか？』

『それとも……』

などと、ついつい、いらぬ心配をしてしまう。

だが。それすらも雅紀にとってはよけいなお世話なのだろうと思うと、尚人はどっぷり深々とため息を洩らさずにはいられなかった。

例の、弁当バラ撒き事件以後。雅紀の尚人を見る目は不機嫌、かつ、冷たい。

それは。自分が不用意な本音を洩らして雅紀の逆鱗《げきりん》に触れてしまったせいだろう——と、尚人は思っていた。

そんなものだから。これ以上、兄の不興を買いたくなくて……。尚人はつい臆病になってしまう。気が付けば、あまり目も合わさない。

が——階段で見事に潰れてしまっている雅紀を見て、これは、さすがにマズイのではないかと思った。

しかし。自分よりもはるかに体格の良い雅紀を担いで二階の自室に連れていく体力も根性も、尚人にはない。

(どうする?)

一瞬、尚人はためらって。一階の奥の部屋に雅紀を運ぶことにした。それくらいなら、雅紀も目くじらを立てることはないだろう……と。

「雅紀、兄さん。ほら、しっかりしてよ。こんなトコで寝ちゃ、ダメ、だって」

正体もなく潰れてしまった雅紀を無理やり叩き起こして、立たせる。

わかっているのか、いないのか。雅紀は『あぁ…』だの『うん』だの、聞き取りにくい生返事を繰り返すだけで、なかなか歩いてはくれない。

「重い…ンだからッ。ほら、ちゃんと、歩いてってばッ」

あっちへヨロヨロ。

こっちでジタバタ。

たった数メートルしかない距離が、おもいっきり遠い。

肩を貸すというよりは、ほとんど『オンブお化け』もどきになってしまった雅紀を引き摺るようにして運ぶのは、けっこうどころか、かなり骨が折れた。

そこは、生前、母が使っていた部屋だ。

母が死んでしまってからは、誰も使っていない。

尚人にしても、入るのはたまに掃除をするくらいで。洋服ダンスとベッドが置かれただけの部屋はどこか寒々しくて、あまり長居したいとは思わなかった。

この部屋が全ての始まりだった。

それを思うと。母がいなくなってしまってからも、やはり、どうしても、こだわりは消えないのだろう。

けれども。仕事がら帰宅時間も不規則な雅紀は、深夜の帰宅が続くようになると疲れた身体を引き摺っていちいち二階に上がるのも面倒くさいのか、シャワーを浴びてそのまま、この部屋で寝込んでしまうこともたびたびあった。

尚人ほどには違和感がないのか。

あるいは。その逆——なのか。

尚人には、雅紀の胸中を推し量る術《すべ》はないが。

とりあえずベッドに雅紀を寝かせて、服を脱がせる。

そのまま、タオルケットを掛けるだけでもよかったのだが。尚人には値段の予想もつかないが、さりげなく着こなしている雅紀の服がけっこうなブランド品だと知っていたので。シワくちゃまみれになるのはマズイだろうと思ったのだ。

「ほら、雅紀兄さん。手をどけて」

そうやって、ジャケットもズボンも一通り脱がせてしまうと、尚人は、うっすら汗をかいてしまった。

すると。

そのとき。

雅紀はうっすらと目を開けて、尚人を見た。

……ような気がしたのも一瞬のことだけで。微妙に焦点のズレた双眸は、現実の尚人ではなく、何か別のモノを見ているようにも見えた。

金茶の目が酔いに蕩《とろ》けて、しっとりと潤んでいる。

いつもとはまったく違うその色合いに思わず見惚《みと》れていると、不意に。雅紀が、何か……つぶやいた。

――が。それはあまりに低く掠れた声だったので、何と言っているのか……うまく聴き取れなかった。

だから、ただ何の気なしに、

「え…？　何？」

顔を寄せて聴き取ろうとした、瞬間。

思いがけないほどの力で身体ごと引き寄せられ、いきなり、キス――されてしまった。

（……ッ！）

あまりのことに呆然絶句して、尚人は頭の芯《しん》まで真っ白になった。

何が、なんだか……わからない。

――とは、まさに、このことを言うのだ。

それでも、ねっとりとした濃厚なキスは思った以上に生々しくて……。

幸か、不幸か。そのリアルな感触が、金縛ったままの尚人の思考をおもうさま蹴《け》りつけてくれた。

(な……に……やって……。俺……)

ハッと我に返った瞬間。

(——キス……?　まー…ちゃんと?)

とたん。鼓動は倍になり、顔どころか、身体の芯まで灼《や》けるような気がした。

抱きすくめられた腕の温もり。

重なり合った唇の熱さ。

酔った雅紀が、自分を誰かと間違えているのは明白で。だから、尚人は雅紀の腕の中から逃れようと、今更のように抗《あらが》った。

腕を突っ張り。

身体を捻《よ》じり。

顔を背け……。

しかし。そうやって抗えば抗うほど、なぜか、雅紀は腕の中から逃すまいとでもするように力を込めてきた。

それを肌身で感じて。尚人は、何だか……不意に泣きたくなった。

情熱的な、キス。

誰と間違えているのかは知らないが。雅紀にとって、その彼女はきっと、特別の『誰か』なのだろう。

そう、思うと。なぜか。突っ張る手にも、踏ん張る足にも、よけいに力が入ってしまう尚人だった。

なのに。

気が付けば。いつのまにか、雅紀の身体の下にどっぷりと組み敷かれていた。

そうして、初めて。尚人は顔面が硬直するのを感じた。

凄《すご》い、ブラック・ジョークだと思った。

笑い飛ばそうにも、顔面が強ばりついて笑えない。

それどころか。ガンガンとこめかみを打ちつける鼓動を刺激するように、

『マズイ』

『ヤバイ』

『サイアク』

頭の中で、狂ったようにその言葉が乱反射した。

その間にも、キスはますます深くなる。

歯列を割って絡みついてくる、雅紀の舌。その感触のあまりの生々しさと、口角を変えて何度もきつく吸われる唇の熱さに、尚人は先程とはまた違った意味で四肢《しし》を強ばらせた。

別に何の自慢にもならないが。いまだかつて尚人は女の子とデートしたこともなければ、キスだってしたことがない。それが、いきなり実の兄相手に、濃厚でディープなキスの洗礼を受けて、身体中の血が滾《たぎ》り上がるような気がした。

動かない――のではなく、動けない。

雅紀に抱き潰された身体は身じろぎすることさえままならない。

その窮境は。密着した下肢に押しつけられる、半端ではない雅紀の熱い昂《たか》ぶりを感じて――恐怖になった。

（…ま…さか……）

――と、思わず息を呑《の》み。

次の瞬間、下着ごとパジャマの下をズリ下げられて、

（――いッ！）

搦《から》め取られたままの舌根も凍りついた。

尚人だとて、健康な高校男児である。セックスの経験はなくとも、人並みの興味も関心も、

そこそこの知識もある。

だが。それはあくまで男女間のノーマルな性愛であって、男同士のそれは思考の範ちゅう外である。考えたこともない。

ましてや、血の繋がった兄を相手に実体験したいなどとは……微塵《みじん》も思わない。

血の繋がった——兄……。

そのとき。

不意に。

記憶の『目』をいきなりこじ開けるかのように、雅紀と母のことが頭の芯を突き刺して。

とたん。

尚人の身体が——ガクガクと震えはじめた。

（……ぁ……ちゃ……ん……。やめ…て……。まーちゃん……まーちゃんッッッ！）

けれども。尚人の声なき叫びも虚しく、震えは、片足を取られて大きく開かされることで痙り。自分でも直接触れたことなど一度もない最奥の窄《すぼ》まりを指でグリグリとまさぐられて、身も心も竦み上がった。

最初に来たのは、産毛の先までそそけ立つ『音』だった。

顔面から血の引く——音。

それから。灼けるような『痛み』と、それに勝る『熱い塊』が容赦なく尚人の中にメリ込んできた。

これ以上はないと思えるほどに見開かれた尚人の双眸が、声もなく絶叫する。

(裂けるッ！)

——と、思った。

メリメリと肉が裂け。

ギシギシと骨が軋む。

(死んでしまうッ！)

——と、感じた。

その怖じ気で喉も身体も痙り、眼底が真っ赤に灼けた。

イタイ……。

……アツイ。

痛いッ。

熱いッ！

そこに、灼熱の焼き鏝《ごて》を押しつけられたような気がして、一瞬——気が遠くなる。

だが。それは、すぐさま身体をふたつに裂くような激痛になって、薄れかけた意識を容赦なく鷲掴みにするのだ。
内臓を引き摺り出されるような、吐き気と悪寒。
いっそ、死んでしまった方が楽だと思える地獄は終わらない。
食いしばった歯根の隙間《すきま》から、声にはならない悲鳴がひっきりなしに洩れた。
おもうさま抉られるだけの——恐怖。
脳天がへしゃげるほどの激痛に身体ごと揺さぶられて。
灼熱の渦が視界を砕いて。
その瞬間。
尚人の意識は——突然、ブラック・アウトした。

＊＊＊＊＊＊＊＊＊

始まりは、最低凶悪な強姦《ごうかん》だった。
酒に酔った果ての、取り返しのつかない過ち。
——だが。
タブーを犯した真の地獄は、その後に来た。

真夏の過ちは、一夜の兇行《きょうこう》では収まらなかったのだ。

たとえ、軽い『冗談』でも。

ただの『間違い』でも。

罪のない『過ち』でも。

一度でもその『一線』を踏み越えてしまったら、あとは何をしても同じ――だとばかりに、雅紀が、尚人とのセックスに執着しはじめたからだ。

母との情事で、すでに人としての禁忌《きんき》を犯してしまった雅紀には、尚人に対して情欲を覚えることなど何のタブーにもならなかったのかもしれない。

あるいは。歪んでしまった血の《絆》に新たな執着を覚えることで、生きる糧を見いだしたのか。

母が死んでしまってから、何にも、誰にも執着せず。冷たくて綺麗《きれい》なだけのガラス玉になってしまった雅紀の双眸に、凶暴なまでの『眼力』と『艶香』が戻る。それは、いっそ見事なまでに。

それとは逆に、尚人の顔は蒼ざめ……震える。

雅紀が怖かった。

自分とは、まるっきり何もかも違う兄が――怖い。

ごく普通のセックスの快感すら知らないうちに、いきなり、圧倒的な『牡《おす》』の凶器で身体の最奥まで抉られて世界が逆転した。

かつては。あの広い胸に抱かれると、満ち足りた安心感があった。

だから。それを失ってしまったときには、悲しくて辛くて、泣けてきた。

が――今は。視界の端に雅紀を見ただけで、足が竦む。

声を聴くと、逃げ出したくなる。

雅紀に背後に立たれると、死ぬほど怖かった。

近親相姦と男同士の二重のタブーに怯《おび》えて、どうすればいいのか……わからない。

なのに、雅紀は言うのだ。どこもかしこも強ばらせた尚人の頭を抱き寄せて、優しく髪をすき上げながら、

「母さんは、俺とあの人を間違えてしがみついてきたけど……。最後の最後まで、俺はあの人の身代わりでしかなかったけど。俺は……間違えたりしない」

ことさら甘く囁く。

「ナオとするのが、一番気持ちいい。ナオとしたい。ナオの中で、イキたい。もう、絶対、あのときみたいに痛くしない。約束する。だから……ナオの中に挿《い》れたい」

更には。さりげなく、たっぷり毒を孕んだ口調で、

「だけど、おまえがどうしてもイヤだって言うんなら……。そうだな、おまえの代わりに裕太を喰っちまおうか。でも、あいつは俺のことが嫌いだから、ナオとやるときみたいには優しくできないだろうな、きっと。もしかしなくても、あのときのナオみたいに、派手に流血しちゃうかもな」

最後のとどめを刺す。

そうして。

「どうする、ナオ？　それでも……いい？」

蒼ざめた顔でぎくしゃくと頭を振ったとき、尚人は永遠に逃げ場を失ってしまったのだ。

＊＊＊＊＊＊＊＊

誰にも言えない。

誰にも――知られたくない。

拒んでも拒みきれずに、捕われる。

雅紀《まさき》の腕に。

甘く毒を孕《はら》んだ雅紀の囁《ささや》きに。

逃げようにも、どこにも逃げ場はない。

そうして。

淫《みだ》らな背徳の海に溺《おぼ》れていくのだろうと、尚人《なおと》は思った。

＊＊＊＊＊＊＊＊＊

「……ん……あ……ぁ………」

雅紀の膝《ひざ》の上。決して武骨ではない、それどころか、ピアノの鍵盤《けんばん》を優雅に叩《たた》くしなやかな指で袋ごとたっぷり揉《も》み込まれて、尚人は掠《かす》れた吐息を洩《も》らす。

いつもより、ずっと早く息が上がるのは。雅紀と肌を合わせるのが久しぶりだったからだろう。

あるいは。『してはならない』と言い含められていた自慰をしてしまった後ろめたさに、つい、鼓動も昂《たか》ぶってしまうからなのか。

下だけ脱がされて、背後から抱きすくめられて雅紀の膝を跨《また》ぐように足を開かされると、剝《む》き出しになった尚人の股間は何も隠せない。

快感にしなりきった己の分身も。

とろとろと愛液に滲《にじ》む蜜口《みつぐち》も。

それを揉み込む雅紀の指の淫らさも。

だが。恥ずかしさよりも、禁忌《きんき》が強い。

いつまで経っても、その違和感が抜けない。

身体の最奥をふたつに裂いて雅紀の『牡』を捩《ね》じ込まれた高一の夏まで、尚人は。自分は、性欲には淡泊な方だと思っていた。

それなりの知識も関心もあったが、クラスメイトに無理やり押しつけられたヌード雑誌を見ても別に興奮もしなかったし、耳年増な連中の下ネタ話にも興味はなかった。

もしかしたら。雅紀と母の関係を知ってしまったことで、半ば無意識のセーフティー・ロックが掛かってしまったのかもしれない。

しかし。雅紀に抱かれるようになってからは、自分の身体が自分の意志とは関係なく、どんどん先走るようになってしまった。それは、ある意味、尚人にとっては恐怖以外の何物でもなかった。

だから。雅紀の手でそこを暴かれて嬲《なぶ》られるとき、いつも、緊張が走る。

どんな理屈をこじつけても、身体は正直だ。高められた快感は嘘を吐かない。

快感は、快感以外の何物でもないのだ。

ただ、雅紀に——実の兄にそれを揉みしだかれて、あるいは、口で吸われて射精させられることへのこだわりが抜けないだけで。

それは。指と舌とで柔らかく蕩《とろ》けきるまで揉みほぐされた後蕾を雅紀の熱い凶器で抉《えぐ》られると、もっと、鮮明になった。

罪の色がどんな色なのかは知らないが、尚人には、それが血の色に見える。

どんなに蕩けきってても、そこを裂いて雅紀が自分の中に入ってくるときには苦しくて、辛くて……。今でも、眼の裏に朱が走る。だから、なのかもしれない。

「は…ンッ……あ…ぁんん………」

雅紀の指がくびれをなぞるように上下すると、尚人の射精感は一気に高まる。抑えようとしても、食いしばった歯列の隙間《すきま》から喘《あえ》ぎが洩れた。

隣の部屋に裕太《ゆうた》がいるのだと思うと、どうしても怖《お》じ気《け》が先走る。

そのせいか、いつもより、快感が鈍い。

もう……少し。

あと、もう少しの刺激が欲しい。そしたら、終わりにできるのに……。

雅紀は、今夜は挿れないと約束してくれた。

ときどき、雅紀は凄《すご》く意地が悪くて尚人は泣きたくなるが、嘘は言わない。

だから、早く終わってしまいたかった。

なのに。そんな尚人の気持ちをはぐらかすように、また、雅紀の指が逸《そ》れていく。

高められて、焦《じ》らされて……。また、高められる。

そのたびに、快感は熾火《おきび》のように尚人の腰を灼《や》いた。

いいかげんその繰り返しにも焦れて、尚人は唇を噛《か》んだ。

「…も……せて……」

ほとんど聴き取れないほど小さな声で、尚人が哀願する。

尚人が何を欲しているのか……わからないはずはないのに。雅紀は何も言わずに、ただ愛撫《あいぶ》の手を強める。

「……ま…さき……にぃ……ん。も…イカ……せて……」

「もう。我慢できない？」

コクコクと、尚人が頷《うなず》くと。雅紀は、トロトロと滲み出る先走りの愛液を指でなぞって、

「違うだろ、ナオ。我慢できないんじゃなくて、ナオは、早くイッてしまいたいだけ――なんだろ？」

図星を抉る。

「隣で寝てる裕太のことが、そんなに気になる？」

尚人は早く終わってしまいたくて、必死で頭を振る。だが、

「なら、どうしてイケないんだろうな。この前は、ナオのこれをちょっと弄《いじ》っただけで、すぐにイッちゃったのにな。あのときはいっぱい溜《た》まってたけど、今日は……違う？」

そんなふうに言われて、思わずドキリとする。

まして、耳朶《みみたぶ》をやんわりと食《は》まれて、

「自分で——しちゃったんだろ？　ナオ」

囁かれると。尚人は取り繕う余裕もなく、ものの見事に固まってしまった。

「俺に、バレないと思った？」

言いながら、一気に萎《な》えてしまった尚人の双珠だけを摑《つか》み出すように袋をやわやわと弄る。

「約束破りには、やっぱり、お仕置きだよな」

この前は。雅紀とのセックスをやめたい——と口走って。散々、泣かされた。今度もまた、そうなのか……と思うと、太股《ふともも》に震えが走った。

すると、雅紀は、

「痛いのと、気持ちがイイの——どっちが好き？」

そう言った。

尚人は、ヒリヒリと珠を擦り揉まれる痛みをこらえて、消え入るような声で答えた。

「——気持ち……イイのが……い、い……」

「じゃあ、俺が『いい』と言うまで勝手にイクな。ナオ、我慢できるよな？」

囁きながら、雅紀は指の先で萎えきった尚人のモノを弾《はじ》く。

「ちゃんと我慢できたら、後で、ナオの好きなトコ……いっぱい舐《な》めてやる。でも——勝手にイッちゃったら、このままで、ナオのここに——挿《い》れる」

指で最奥の蕾《つぼみ》をゆったりとまさぐられて、尚人は唇を痙《ひきつ》らせた。

ゆったりと尚人を抱え直して、雅紀は口の端をわずかに吊《つ》り上げる。

膝を摑んでもっと大きく足を開かせると、とたんに、尚人の身体がピクリと固まる。

そんな尚人を宥《なだ》めるように髪にひとつキスを落とすと、後は、尚人の快感だけを引《ひ》き摺《ず》り出すように愛撫の手を強めた。

射精感が高まってどうにも我慢ができなくなると、尚人の腰は自然と揺れてくる。雅紀の手に擦りつけてくるそれは芯《しん》が通ったように硬く反り返り、ピンク色に爆《は》ぜる蜜口はもっと深く切れ込んでくる。

先走りの愛液も、トロリと濃く粘るようになる。

尚人が嫌がるのを承知の上で、雅紀が背後から抱き込んでこの体位を取らせるのは。無防備に曝《さら》け出されたそこが誰のものか、尚人に見せつけるためだ。

自慰を禁じて、たっぷりと蜜を孕んだ果実をもぎ取る。それが許されるのは雅紀一人なのだと、教え込むためだ。

もっと手っ取り早く、尚人のモノを口で愛してやれば、簡単に尚人が堕《お》ちるのはわかりきっていた。

だが。それでは、意味がない。

安易な快感に逃がすだけでは、ダメなのだ。

もっと、深く。身体の奥の奥まで刻みつけたい。

尚人の身体と心に。何度も。

何度でも……。

痺《しび》れるような快感を与えてやれるのは自分だけ——なのだと。尚人の心と身体に刷り込んでしまいたかった。

そうしなければ、二重のモラルに縛られて、尚人が自分から逃げ出してしまうのは目に見えていたからだ。

尚人を情欲の捌《は》け口《ぐち》にしたいわけではない。

血の繋《つな》がった兄ではなく、尚人の、唯一の『牡《おとこ》』になりたいのだ。

実の母と抱き合うことで、まともなセックス観念が崩壊してしまったという自覚が、雅紀にはある。

精神的にすっかりまいってしまった母が、自分と父を間違えてしがみついてきたとき。雅紀はあまりにも母が哀れで、その手を振り払えなかった。

禁忌を犯すことの怖じ気はあった。嫌悪も、後ろめたさも……。その一線を踏み越えてしまえば、どんな言い訳も通らないことも。

そして。求められるままにズルズルと母との情事を引き摺ってしまった。

その母が突然逝《い》って、何かが、プッツリ——切れた。

それ以来、どんなに『イイ女』を抱いても飢渇感が埋まらない。

女の柔らかい感触に身体はちゃんと反応するのに、心だけがやけに寒々しかった。

——が。それならそれでかまわないと。雅紀は思っていた。誰を抱いてもザラリとした飢渇感が埋まらないのなら、性欲の捌け口としてのセックスでかまわない——と。

だから、来る者は拒まなかったし。去る者を追うこともなかった。

結局。母との肉体関係で、雅紀は根深いトラウマを抱えてしまったのだ。

誰にも執着できないから、セックスは、いつも刹那《せつな》的だった。気持ち良いという感覚すら、麻痺《まひ》してしまった。

ところが。

ある日。

タンクトップに短パン姿で無造作に手足を投げ出したままソファーで爆睡している尚人に発情している自分に気付いて、雅紀は愕然《がくぜん》とした。

最悪な家庭環境で家事を一手に引き受けて孤軍奮闘する弟は、そうやって爆睡していると、年の割りにはひどく幼く見えた。

体毛の薄い、肌理《きめ》の細かな色白な肌。

つるりとした脇は、産毛も生えてはいない。

綺麗に浮き出た鎖骨の窪《くぼ》み。

タンクトップの脇から覗《のぞ》く、淡い色の乳首。

短パンから伸びた足はほっそりとしなやかで。

その付け根にあるモノは……きっと、精通どころか、まだ、皮も剝けきっていないのではないか。

それを思って、訳もなく、コクリと息を呑《の》む。

そして。ふと、我に返って——恥じた。己の醜さを。

いや。それよりも何より。五歳年下の弟にマジで情欲を覚える自分が、怖かった。

だから——逃げ出した。

尚人の前から。篠宮の家から……。

幼い頃から自分を慕ってくる尚人が、可愛《かわい》かった。

母との情事の共犯者として半ば強引に引き摺り込んでしまった負い目がズクリと疼《うず》いても、愛しくて。

それゆえに、歪《ゆが》んだ情欲で穢《けが》すのが何よりも怖かった。

だから。一度は、諦《あきら》めた。

つれない素振りで、そっぽを向き。

冷たい言葉を投げつけて傷つけ。

穢れてしまったこの腕の中に閉じ込めてしまわないように、背を向けた。

だが……。

あの夏の夜。

夢か、現実か。その区別もはっきりとしないまま、視界に尚人の顔を見つけたとき。理性はいとも容易《たやす》く砕け散り、酔いでタガの緩んだ自制心も一気に消し飛んでしまった。

翌朝。正気に返った雅紀は。尚人の酷《ひど》い有り様に、全身から血の気が引く思いがした。

しかし。

そのとき。

悔恨と懺悔《ざんげ》でドス黒く爛《ただ》れた心を持て余す雅紀を唆《そそのか》すように、悪魔が耳元で囁いたのだ。

『一度でもタブーを破ってしまえば、あとは何をやっても同じだろ？　尚人が欲しくはないのか？　ウブな弟をタラシ込んでモノにする、願ってもないチャンスだぜ』

一夜の過ちでも。

酔った弾みの兇行《きょうこう》でも。

身体の絆《きずな》が先にできたのなら、それを逃したくはなかった。

ここでためらってしまえば、きっと……尚人は自分から逃げていく。それは漠然とした予感ではなく、確信であった。

自らを『ケダモノ』と自嘲《じちょう》することの、淫靡《いんび》な快感。

弟の肉を咬《か》んで。

その血を啜《すす》り。

熱く昂ぶり上がったモノを最奥まで捻《ねじ》り込む——昏《くら》い喜び。

逃がさない。

離さない。

やっと手に入れた、掌中の珠《たま》だ。

もう、離さない。

離して——やれない。

だから、身体の隅々に自分を刻みつけたい。

それが凶悪なまでのエゴだとわかっていても、雅紀はもう二度と、尚人の手を離すつもりはなかった。


雅紀の膝の上で、尚人が喘《あえ》ぐ。

「…んんっ……は…あぁぁ………」

シャツの下から手を潜らせて尖《とが》りきった乳首を弄ってやると、

「…ャッ、だ……」

臀《しり》を雅紀の太股に擦りつけて——泣いた。

勝手にイッたら『座位で後蕾に雅紀の凶器を捻り込む』という脅しが、よほどきいているのか。イキたいのを必死で耐える尚人がいじらしくて、可愛くて……たまらなかった。

硬く芯の通った先端の蜜口はすでにピンク色に裂けて、トロトロと愛液を滴らせている。

「ま…さ、にぃ……もぅ……カ、せて……」

唇をわななかせて、尚人が――啼《な》く。

軽く息を吹きかけただけで、すぐにでもイッてしまうだろう。それが惜しくて、雅紀は、尚人が洩らしてしまわないように根元をきっちり締め上げた。

すると。

――瞬間。尚人の蜜口は喘ぐようにヒクリと震えた。

塞《せ》き止められた快感が出口を求めて、のたうち回っているのか。爆ぜ割れて喘ぐそこを雅紀が指の腹でなぞると、それだけでもたまらない刺激になるのだろう。尚人は、

「…あ…んッ。ま…き……にぃさ……。ヤ、だ……やめ…ッ……」

身体を捩って鳴いた。甘く掠れた、淫らな声で。

その泣き声をもっと聴きたくて、雅紀は剝き出しになったピンクの秘肉にやんわりと爪を立てて弾いた。

――とたん。

「ひっ……ァァァァ」

腕の中の尚人の身体が、ヒクリと跳ねた。

喉《のど》をのけ反らせ。

手も、足も、突っ張らせて——哭《な》いた。

雅紀が与えた刺激に愛液は一気にあふれ、根元を締めつける雅紀の指をしとどに濡らす。

それを見て、雅紀はわずかに口唇を吊り上げた。

そして。今の刺激で充血した秘肉をなおも爪で引っ掻《か》くように擦り上げ、尚人が身体を痙らせて声を呑むと、深く切れ込んだ裂け目を抉るようにグリグリと爪を食い込ませた。

「いッ…イイイイイッ——」

尚人の太股に、小刻みな痙攣《けいれん》が走る。

「…ヤ…だ。ま…き……んっ……ヤ、メッ……。し……い、でッ……」

ぶるぶると胴震いをして、

「ま……ん…。まぁ……ゃん。ヤ…だ……まー……ちゃん……まーちゃん、まーちゃ…ッ。しな…いでッ。ヤメ、てッ。まーちゃんッ」

堰《せき》を切ったように泣き出した。

今はもう、聴くことのできなくなった雅紀の愛称を口走って。尚人が、哭く。

『しないでッ』

『ヤメてッ』

『お願いだからッ』

詰めた息を震わせて、わななかせて——鳴く。

そうして。雅紀は、

「イイ子だ……ナオ」

蕩けるような微笑を浮かべて、尚人の耳朶に口付けた。

何度も。

——何度も。


灯を落とした暗闇の中。

裕太は。ベッドの中で身じろぎもせず、じっと天井を睨《にら》んでいた。

いつもなら、とっくに夢の中だ。なのに、今夜は変に目が冴えて眠れない。

——なぜ？

明後日《あさって》までは帰ってこないはずの雅紀が、深夜、突然戻ってきたからだ。

いつも寝る間際まで勉強をしているらしい尚人が十一時を過ぎて部屋を出て行ったとき、風呂に行くのだと思った。母が逝ってからの、それが、尚人の習慣だった。

裕太は烏《からす》の行水《ぎょうずい》だが、尚人は長風呂だ。だから、ものの十分もしないうちに階段を上がってくる足音が聞こえたとき、裕太は、ドキリとした。

尚人のそれとは明らかに違う。ミシリと重い、だが武骨ではない、ゆったりとした確かな足取り……。雅紀だと、すぐにわかった。

その足音が何のためらいもなく隣の——尚人の部屋のドアの向こうに消えていったとき、裕太は、歯列を割って込み上げる苦いモノを意識しないではいられなかった。

ＭＤコンポをスリープ・タイマーにして垂れ流していた音楽は、すでに、止まっている。

代わりに聴こえてくるのは、途切れ途切れに掠れた尚人の声。

抑えようとして噛み殺しきれない……そんな喘ぎ声だった。

（…………）

一点を見据えたまま、裕太は、ギリと奥歯を軋《きし》らせる。

裕太も、来月——この六月で十五歳になる。尚人の部屋で二人が何をしているのかわからない……などと、今更カマトトぶるつもりはない。

高校時代からアルバイトで家族を支えてきた兄から見れば、荒れまくった末に不登校になってしまった問題児など、ただ世間を舐めているだけの甘ったれた『ガキ』なのかもしれないが。

だからといって、いつまでも、世間知らずなだけの『お子様』ではないのだ。

いいや。姉の沙也加《さやか》がこの家を出て行き、あまつさえ、母の葬儀にも顔を出さなかったその元凶が、雅紀と母の爛れた肉体関係にあったことを雅紀自身の口から知らされたとき。裕太は、頭の芯が鈍く痺れるような衝撃とともに、もう、何もわからないままの『お子様』ではいられなくなった——というべきなのか。

裕太には。家を出て行ったきり、今は絶縁状態になってしまった沙也加の気持ちが手に取るようにわかる。

好きで好きで、たまらなくて。何の疑いもなく信頼していた人間に突然裏切られるショックは、理性と理屈の範ちゅう外にある。今までの自分の存在を頭から否定されたような気がして、目の前が真っ暗になる。

だから。裕太は、ますます雅紀が嫌いになった。

自分の母親とセックスするなんて、サイテーの獣だ。

許せないッ。

それでも。沙也加のように激情にまかせて篠宮《しのみや》の家を飛び出す気にはならなかった。

雅紀と母の関係を、想像するだけでも虫酸《むしず》が走るが。その現場をモロに見てしまったらしい沙也加ほど、グロテスクな生々しさを実感できなかったからかもしれない。

どんなに想像を逞《たくま》しくしても、実際に眼にしたインパクトには敵《かな》わない。

しかし。

まさか……それを、自分の眼で実証することになろうとは、裕太は夢にも思わなかった。

その夜。

裕太は。睡眠中に不意に尿意を覚えて、寝惚《ねぼ》け眼《まなこ》を擦《こす》りつつ部屋を出た。

そのとき、なぜ。いつも使っている二階のトイレではなく、階下のトイレを選んで階段を降りてしまったのか……。裕太にもわからない。

ただ寝惚けていただけなのかもしれないし。ひょっとすると、ムシの知らせ——というやつだったかもしれない。

深夜の洗面所。

半開きになったドアの向こう。

雅紀の腕の中、まるで爪先立たんばかりに伸び上がったままの尚人は、濃厚なキスを貪《むさぼ》られていた。しかも、下着ごと、臀の割れ目ギリギリまでズリ下げられたスエットの中に突っ込まれた雅紀の手は、明らかに尚人のモノを揉みしだいているとわかるほどに淫猥《いんわい》だった。

ときおり、微《かす》かに歪む尚人の眉根は、貪られるキスの息苦しさと股間《こかん》を弄られる快感に震えているようで……。裕太は、顔面から血の引く音を聴いたような気がした。

足が竦《すく》んで動けなかった。

目を背けようにも視線はそこに貼りついたままで、引き剝《は》がすことすらできなかった。

そうして。そのまま、尚人が裸に剥かれて雅紀とともにバスルームに消えてしまうまで、裕太は、その場に呪縛され続けたのだった。

雅紀と、尚人。

雅紀の衝撃の告白以来。雅紀と尚人の間になにがしかの亀裂が生じてしまったことは、裕太の眼にも一目瞭然だった。

それなのに、なぜ?

どうして?

いったい、いつの間に、そんなことになってしまったのか。

それとも。

雅紀の不機嫌な冷たい素振りも。尚人の、打ちひしがれた哀れな姿も。みんな、嘘っぱちの芝居だったとでもいうのだろうか。

信じられなかった。

許せなかった。

自分と沙也加に対する、二重の裏切りだと思った。

そして。灼けつくような憤激のその裏で。母とタブーを犯して『ケダモノ』になった兄が、次の獲物にやはり血の繋がった尚人を選んだという事実に、裕太は背筋が凍りつくのを感じな

いではいられなかった。もしかしたら、自分もいつか、雅紀に貪り喰《く》われてしまうのではないか……と。

尚人の次は——自分？

それを思うと、思考も身体も金縛った。

と——同時に。

そのとき。脇腹が思わず痙れるような悪寒とともに、身体の奥底で、ジン…と、何かが熱く疼いたような気がした。

もっとも。雅紀に貪り喰われるという悪夢は、裕太の杞憂《きゆう》にすぎなかったけれど。

だが。

それがただの杞憂だと確信した——とたん。なぜか、猛烈な疎外感を覚えた。

ひとつ屋根の下に、兄弟三人。その中で、自分一人だけが取り残されているように思えた。

ナゼ？

ドウシテ、雅紀ニ選バレルノガ尚人デナクテハナラナイノダロウ。

自分ト尚人ノ、何ガ、ドコガ——違ウノカ。

それは、兄弟で禁忌を犯すことの吐き気をもよおす嫌悪感とは別に、どうにも形容しがたい、心のどこかが熱くネジ切れてしまいそうな激情をも生んだ。

そのとき。裕太はギリギリと奥歯を軋らせて誓ったのだ。

（おれは、絶対、この家を出ていかない）

雅紀と尚人の二人だけの愛の巣になんか、してやらないッ――と。

だから。尚人の作る物は文句も言わずに喰って体力も付けたし。無駄飯食いの厄介者と思われるのがイヤで、ほんの少しずつ、家のことも手伝った。

それが、疎外感を過ぎた『嫉妬《しっと》』だと気付くには、まだ、裕太はあまりに未熟だったが。

普段は滅多に口にしなくなった雅紀の愛称を口走りながら、尚人はえずくように、切れ切れの独特な甘さを孕んだ掠れ声でしきりに許しを請うている。

『しな…い、で……』

『やめ…てッ』

『まーちゃん』

裕太は天井《てんじょう》を睨んだまま、

（ウソつけッ。ほんとは、もっとして欲しくてたまらないくせにッ）

吐き捨てる。

雅紀の手で股間を揉みしだかれてよがる尚人の裸身が、眼の裏でチラついた。

いったん声に出してしまったら、あとはもう抑えがきかないのだろう。尚人は瘂るような声で——泣きはじめる。

もしかしたら。雅紀は。裕太が身じろぎもせず耳を澄ましていることなど、とうに気付いているのかもしれない。

それで、わざと見せつけるように、尚人に声を上げさせているのかもしれない。

沙也加が雅紀と母の情事を見て、その耐え難さに家を出ていったように。裕太にもそうであれと、無言の脅しをかけているのだろうか。

——わからない。

雅紀の真意なんか、知りたくもないッ。

尚人が『しないで』と泣くたび、なぜか、唇が異様に乾く。

(……違う……)

尚人が『やめて』と啼くたび、なぜか、異様に力のこもった爪先がヒクリと痙る。

(ちが…うッ)

途切れ途切れの尚人の喘ぎに刺激されて、下腹がジワリと——熱を持つ。

その熱さが何を灼き、どこを炙《あぶ》るのか……。それを自覚して、裕太はじっとりと汗の滲んだ掌《てのひら》を握り締めた。

そして。熱のこもった吐息を吐き出すように、

（――こんな……の、ウソ、だ……。違うッ！）

耳を塞《ふさ》ぐ。

それでも。こめかみを蹴《け》りつけるような鼓動は収まらなかった。

痛むほどに張り詰めた股間を恥じるように背を丸め。

握り締めた拳に爪を食い込ませ。

裕太は、呪詛《じゅそ》を撒《ま》き散らすように唇を噛む。

（ウソだッ。違う……違うッ。おれは……おれは、雅紀にーちゃんみたいな――ケダモノじゃないッ！）

＊＊＊＊＊＊＊＊

夜が堕《お》ちていく。

静かなる狂気が膿《う》んで、

淫らな疼痛《とうつう》が熟《う》れて、

やるせない激情を孕んで、

深淵《しんえん》の狭間《はざま》に愛が堕ちていく。

『血』と『絆』の、点と線。
虚《うつ》ろなリアルはありふれた日常を刺激し、
ささくれた現実を突き刺す。
兄と——弟。
血の絆は、
『罪』と『罰』の螺旋《らせん》を描き、
『背徳』という名の甘美な毒に蝕《むしば》まれて、
禁忌の揺籃《ようらん》に新たなる楔《くさび》が穿《うが》たれる。

あとがき

こんにちは&初めまして。

『Ｃｈａｒａ』本誌ではずいぶんお世話になっておりますが。今回、キャラ文庫ではお初にお目にかかります。

徳間さんでは『お初』なのに、いきなりの、ドロドロの『どシリアス』でいいンかい？　——とか思っている、小心者（笑）の吉原《よしはら》です。

いや。ワタクシ的には、ラブ♡ラブハッピーな『ボーイズ・ラブ』ではなく、ずっしり重い『ＪＵＮＥもの』を書かせていただけて、とっても嬉しかったのですが。業界的には、この手のジャンルはすっかりマイナーの端っこに追いやられてしまって（笑）……悲しいです。

ですから、読み手としては妙にストレスが溜《た》まって、ときどき、

「○○さぁぁん、何処までもあなたについて行きますッ。もっと、バリバリ・ガシガシ書いてくださぁぁぁいッ」

など、叫びたくなってしまう今日この頃なのでした。

さて……。別に、『Ｃｈａｒａ』本誌でその手の原作を書いているから言うわけではないの

ですが。この間、話の成り行きで『ホテルに着いてまず、何をする？』という話になりまして。そこで、私は、冗談のつもりで、

「あー、そういえば、部屋に飾ってある絵の裏とか引き出しの下を見て『御札』が張ってないかどうか、調べる人もいるんだってよぉ、ハハハ……」

笑い飛ばすと。逆に、

「えーッ、見ないの？　見るよ、フツー……。あー、でも、何となくわかる。吉原さん、○○が出ても平気でグースカ寝ちゃうタイプよね」

とか、言われてしまいました。いや。別に、いいんですけど。その通りなんで……。でも。『えーッ、そうなんかい？』……って、感じですよね。ごくフツーの人は、そんなことしないぜェ――とか思ったワタクシが間違っているんでしょうか？

あー……。変なことをしゃべっていたら、もうスペースがなくなってしまいました。最後の最後になってしまいましたが、円陣闇丸《えんじんやみまる》様、ありがとうございます。これに懲《こ》りずに、またぜひ、ご一緒させてくださいませ。

それと。『渇愛』の続編ドラマＣＤ『縛恋』がこの本と同時期に出ます（たぶん）。前回と同じく、三枚組（笑）。聴いてね♡　完全オリジナルストーリーだよん♡

平成十三年　五月　吉原理恵子

この本を読んでのご意見、ご感想を編集部までお寄せください。

《あて先》〒141−8202　東京都品川区上大崎3−1−1　徳間書店　キャラ編集部気付
「二重螺旋」係

Chara

二重螺旋…………【キャラ文庫】

■初出一覧
二重螺旋……書き下ろし

2001年6月30日　初刷
2021年10月25日　16刷

著者　吉原理恵子
発行者　松下俊也
発行所　株式会社徳間書店
〒141-8202　東京都品川区上大崎3-1-1
電話049-293-5521（販売部）
03-5403-4348（編集部）
振替00140-0-44392

印刷・製本　図書印刷株式会社
カバー・口絵　真生印刷株式会社
デザイン　海老原秀幸

ISBN978-4-19-900188-8

少女コミック
MAGAZINE

Chara［キャラ］

BIMONTHLY
隔月刊

原作 秋月こお＆作画 東城麻美

「萩《はぎの》小《こう》路《じ》青《せい》矢《や》さまの乱」

イラスト／東城麻美

イラスト／二宮悦巳

「子供は止まらない」

「毎日晴天！」シリーズ

原作 菅野 彰＆作画 二宮悦巳

……豪華執筆陣……

吉原理恵子＆禾田みちる　峰倉かずや　やまかみ梨由
杉本亜未　篠原烏童　獸木野生　TONO　藤たまき　辻よしみ
大和名瀬　雁川せゆ　有那寿実　山田ユギ　反島津小太郎　etc.

偶数月22日発売

投稿小説★大募集

『楽しい』『感動的な』『心に残る』『新しい』小説――

みなさんが本当に読みたいと思っているのは、どんな物語ですか？　みずみずしい感覚の小説をお待ちしています！

•応募きまり•

[応募資格]

商業誌に未発表のオリジナル作品であれば、制限はありません。他社でデビューしている方でもOKです。

[枚数／書式]

400字詰原稿用紙で50～100枚程度。手書きは不可です。原稿はすべて縦書きで、20字×20行を１枚として下さい。また、原稿には800字前後の粗筋をつけて下さい。

[注意]

①原稿の各ページには通し番号を入れ、次の事柄を１枚目に明記して下さい。（作品タイトル、総枚数、ペンネーム、本名、住所、電話番号、職業、年齢、投稿・受賞歴）
②原稿は返却しませんので、必要な方はコピーをとってからご応募下さい。
③締め切りは特別に定めません。面白い作品ができあがった時に、ご応募下さい。
④採用の方のみ、原稿到着から３カ月以内に編集部から連絡させていただきます。選考についての電話でのお問い合わせは受け付けできませんので、ご遠慮下さい。

[あて先]

〒105-8055 東京都港区東新橋1-1-16
徳間書店 Chara編集部 投稿小説係

投稿イラスト★大募集

キャラ文庫を読んで、イメージが浮かんだシーンをイラストにしてお送り下さい。キャラ文庫、『Chara』『Chara Selection』『小説Chara』などで活躍してみませんか？

•応募きまり•

[応募資格]

応募資格はいっさい問いません。マンガ家＆イラストレーターとしてデビューしている方でもOKです。

[枚数／内容]

①イラストの対象となる小説は『キャラ文庫』か『Chara、Chara Selection、小説Charaにこれまで掲載された小説』に限ります。既存のイラストの模写ではなくオリジナルなイメージで仕上げて下さい。
②カラーイラスト１点、モノクロイラスト３点の合計４点。カラーは作品全体のイメージを。モノクロは背景やキャラクターの動きの分かるシーンを選ぶこと（裏にそのシーンのページ数を明記）。
③用紙サイズはＡ４以内。使用画材は自由。

[注意]

①カラーイラストの裏に、次の内容を明記して下さい。（小説タイトル、ペンネーム、本名、住所、電話番号、職業、年齢、投稿・受賞歴、返却の要・不要）
②原稿返却希望の方は、切手を貼った返却用封筒を同封して下さい。封筒のない原稿は編集部で処分します。返却は応募から１カ月以内。
③締め切りは特別に定めません。採用の方のみ、編集部から連絡させていただきます。選考結果の電話でのお問い合わせはご遠慮下さい。

[あて先]

〒105-8055 東京都港区東新橋1-1-16
徳間書店 Chara編集部 イラスト募集係